陌上红尘
情与谁共

谁在
唐诗
里醉舞霓裳

八月安妮 著

北京联合出版公司
Beijing United Publishing Co.,Ltd.

图书在版编目（ＣＩＰ）数据

陌上红尘 情与谁共：谁在唐诗里醉舞霓裳 / 八月安妮著 . —北京：北京
联合出版公司，2013.5（2022.10 重印）

ISBN 978-7-5502-1528-3

Ⅰ . ①陌… Ⅱ . ①八… Ⅲ . ①唐诗－诗歌欣赏 Ⅳ . ① I207.22

中国版本图书馆 CIP 数据核字（2013）第 104888 号

陌上红尘 情与谁共：谁在唐诗里醉舞霓裳

作　　者：八月安妮

出 品 人：赵红仕

责任编辑：王　魏　朱家彤

封面设计：吴黛君

北京联合出版公司出版

（北京市西城区德外大街83号楼9层 100088）

北京新华先锋出版科技有限公司发行

大厂回族自治县德诚印务有限公司印刷　新华书店经销

字数145千字　620毫米×889毫米　1/16　15印张

2013年5月第1版　2022年10月第3次印刷

ISBN 978-7-5502-1528-3

定价：59.00元

序言

唐诗中的美丽与哀愁

层帷深垂，幽邃的居室笼罩着一片深夜的静寂。一个独处幽室的女子躺在床上，自思身世，辗转不眠，备感静夜漫长。她深深地陷入了静寂孤清的环境之中，一滴泪静静地从眼角滑落……

她为何如此寂寞孤独？为何这般情伤意断？想来此种状况定逃不出一个"情"字。

> 重帏深下莫愁堂，卧后清宵细细长。
>
> 神女生涯原是梦，小姑居处本无郎。
>
> 风波不信菱枝弱，月露谁教桂叶香。
>
> 直道相思了无益，未妨惆怅是清狂。
>
> ——李商隐《无题》

自古女子就是爱情的牺牲品，而烈女们对爱情的执着更是令人唏嘘不已。"直道相思了无益，未妨惆怅是清狂。"即便相思全然无益，也不妨抱痴情而惆怅终身。在近乎幻灭之时仍然坚持不渝地追求，可想而知，她对心中所爱男子的"相思"是如何的铭心刻骨。此女子为情而困，为情而悲。

人间有情，世间有爱。这种爱不仅存在于人与人之间，万物生灵皆有爱。白居易在《太行路》中说："何况如今鸾镜中，妾颜未改君心改。"而在这面"鸾镜"的背后，蕴涵着一个鸟类世界的动人故事：传说罽宾王有一只失去配偶的鸾鸟，三年都不鸣叫，夫人告诉他："据说这种鸟见到自己的影像就会鸣叫。"于是罽宾王悬挂一面镜子来照它，果然鸾鸟见到镜中的自己便开口鸣叫，鸣声悲凄，半夜即冲撞笼子而死。

后来古人便把这种忠于爱情的鸟铸在镜子里，称为"鸾镜"。

"问世间情为何物？直教人生死相许。"爱情，是文学中一个永恒的主题，因此也成为唐代诗人经常歌咏的题材。

翻开唐诗的历史，读上一首，仿佛拔出了一柄锈迹斑驳的古剑。但在微光暗暗中，却闪烁着一位位英雄不灭的灵魂。"死生契阔，气吞山河，金戈铁马梦一场，仰天长啸归去来……"读一首唐诗，犹如打开了一个古老的胭脂盒，在氤氲香气中，升腾出一个个薄命佳人哀婉的叹息。"思君君不知，一帘幽怨寒。美人卷帘，泪眼观花。"

在春江花月夜里，不知是谁第一个望见了月亮。从此，千里婵娟的明月夜夜照亮那无寐人的寂寥。月成了游子的故乡，床前的明月永远是思乡的霜露；月成了思妇的牵挂，捣衣声声中，夜夜减清辉；月又是孤独人的酒友，徘徊着与举杯者对影成三人。

诗人常借那十里飘香的美酒举杯消愁，千金换酒，但求一醉。人之一生，能有几回醉？临风把酒酹江，醉里挑灯看剑。醉卧中似乎忘记了人间的荣辱、世态的炎凉。今朝的酒正浓，且来烈酒一壶，放浪我豪情万丈。沧海一笑，散发扁舟，踏遍故国河山，人生安能摧眉折腰！

诗句中的薄命红颜，在刀刃上广舒长袖轻歌曼舞，云鬟花颜，泪光潋滟。都羡一骑红尘妃子笑，谁怜马嵬坡下一抔黄土掩风流。情不可依，色不可恃，一世百媚千娇，不知谁舍谁收。长生殿里，悠悠生死，此恨绵绵。

卷帙浩繁的唐诗成为一个时代的缩影，不仅让我们看到了旧时的枯藤、老树，还让我们对那千年之前文人墨客驻足过的地方时时凭吊怅惘。

试想一下，假如没有张继勾画出"姑苏城外寒山寺，夜半钟声到客船"的意境，今天寒山寺的钟声似乎与其他钟声一样，淡泊索然；假如杜牧没有表达出"烟笼寒水月笼纱，夜泊秦淮近酒家"那种痛彻心扉的忧郁，那么今日的秦淮河就不会给人更多醉人的伤感；失去了"举杯邀明月，对影成三人"的浪漫，今夜的月光必然黯然失色，无法映照寰宇，更映照不到我们的心灵。同样，若没有"会须一饮三百杯"的豪放和"肯与邻翁相对饮，隔篱呼取尽余杯"的欣喜，今朝的美酒就仅仅是酒精与水的混合物罢了；若没有杜甫在颠沛流离之中"安得广厦千万间"的呐喊，草堂就失去了广阔的胸襟和沉郁顿挫的风韵……

唐诗是诗化的中国，读唐诗恰似与古人的一次情感对话、一次穿越时空的梦幻交流，在诗句垒起的世界里寻找生命的真谛。

"惟有饮者留其名"，"五花马，千金裘，呼儿将出换美酒"。多饮些唐诗，多储蓄些醉人的意境，在平平仄仄的命运中，就会多出一份情致，一份洒脱。

目录

1

目录

第一辑

愿得一心人

我爱你，与你无关

红颜未老恩先断

人间有情，世间有爱，所以我们心有所系，思有所念。

诗人们将爱情中的欢乐、悲伤、焦虑、期待、思念、追忆等经历和感受写入诗篇。今天读起来，仍然是那样的刻骨铭心，魂牵梦萦。痴情男女，为爱牺牲。就像发生在我们眼前、身上，令人怦然心动。

相恋中，"心有灵犀一点通"的浓情蜜意；离别时，"一日不见，如隔三秋"的相思之苦，也正是时下恋爱男女的写照。一千多年来，有多少男女用这两句诗，向对方表达自己生死不渝的爱情？千秋万代为其感动的男男女女，更是不计其数。

女人是爱情中最让人思绪飘逸的芳香，男人是爱情中酿造醇香的酒坛，男人和女人的故事永远是最动人的乐章，男人与女人的故事不知道产生了多少千古绝唱和秀美鸿篇。正因为它让我们感动，正因为它让我们品尝到转瞬即逝的滋味，我们才不能忘记那种美好，并世代将它传颂。

十二楼中尽晓妆，望仙楼上望君王。

锁衔金兽连环冷，水滴铜龙昼漏长。

云髻罢梳还对镜，罗衣欲换更添香。

遥窥正殿帘开处，袍袴宫人扫御床。

——薛逢《宫词》

宫中的妃嫔，有自己的爱情吗？她们的感情会是我们想象的那么美好吗？

锦衣、绸缎、山珍、海味、珍珠、玛瑙……在她们的眼中似乎是家常便饭，但爱情，对于她们却是奢侈的代名词。君王的临幸，带给她们一生的荣耀；然而，又有多少嫔妃能和君主有一场平淡真实，或是轰轰烈烈的爱情呢？妃子对君王的情感可以用爱来衡量吗？有多少女人的一生是在冰冷的宫墙内熬过的，这种期盼和无奈是一种怎样的悲哀？一旦她们真的相爱了，以后的日子又有多少怨与愁？

宫中的爱情，让人很难想象有多长久，"夜半无人私语时"的缠绵绝不是临幸的快感。对于宫中的女子而言，她们唯一缺少的就是关怀和慰藉。

你看那妃嫔们一大早就在宫楼上，着意梳妆打扮，像盼望神仙降临一样，翘首企望君王的恩幸。宫门上那兽形门环被紧紧锁住，妃子们只能听着那龙纹漏壶的水滴声，度过一个又一个漫长而无聊的日子。刚刚梳完的浓密如云的发髻，又对着镜子端详，唯恐有什么不妥帖之处；想再换一件新艳的罗衣，又给它加熏一些香气。尊贵的妃子整日翘首空望，倒不如那打扫寝宫的宫女能接近皇帝！

君王即将临幸其他妃子，不会再到这里来了！

> 昨夜风开露井桃，未央前殿月轮高。
> 平阳歌舞新承宠，帘外春寒赐锦袍。
>
> ——王昌龄《春宫曲》

新人受宠，旧人怨恨。卫子夫只不过是汉武帝的姐姐平阳公主家的一个会唱歌的奴婢。平阳公主喜欢歌舞，家里蓄养了十几个长相漂亮的歌女，卫子夫就是其中一个。卫子夫当时已结婚，有夫君。

建元二年（前139年）三月，汉武帝回宫路上路过平阳公主家，喜欢上年轻漂亮的卫子夫。平阳公主就向武帝禀奏进献，于是卫子夫入宫服侍武帝。武帝对卫子夫又怜又爱，不久卫子夫就有了身孕。

当时，卫子夫已先后生三女，而武帝尚无子嗣。在元朔元年（前128年），卫子夫生了一个男孩，起名刘据，是为汉武帝的长子，也就是后来的太子。卫子夫母凭子贵，从此尊宠日隆。

然而，宫廷当中充满了尔虞我诈的戏码，对于一个女人——特别是帝王所宠幸的女人来说，是何等的残酷。随着时间的流逝，容颜的衰老，其受宠幸的地位也日见低下。卫子夫也不例外，她的地位慢慢被更年轻漂亮、更惹人怜爱的李夫人和勾弋夫人所取代。

在她被立为皇后的第三十八年，也就是汉武帝征和三年（前90年），卫子夫因遭巫蛊事变而不能自明，被迫自杀。

古往今来，在宫中生活的女子，皆逃脱不了这两种命运：要不成为皇上的宠儿，集"三千宠爱于一身"；要不"红颜未老恩先断"，苦苦度过孤独的后半生，更有甚者，在那高墙深院，与世隔绝的地方孤独地度过自己的一生。这就是宫中女人的命运。

因为期望的太多，所以失去的也就更多。

青春、容貌慢慢殆尽之时，即宣告了一个宫中女人的一生将要结束。养在笼中的小鸟，即使爱了，被爱了，即使恨了，被恨了，当主人不再给它们食物了，它们也无可奈何，唯有慢慢地老去、死去。

被淡漠和漠然才是女人的悲哀，恨源于爱，有恨证明还有感觉的存在，至少是记住；而漠然，则是完全失去了感情，连记忆的能力都丧失了，还谈何喜欢，谈何爱？余下的感情还有多少，只有自己知道，不要奢望他人，不要再苦苦相逼淡漠你的人会再喜欢上你。怨，源于贪婪、奢望。当我们放下一切，一切就变得简单，如月光一样透明。

泰戈尔说："让我的爱像阳光一样，包围着你而又给你光辉灿烂的自由。"

　　保持距离，相互关心，彼此都轻松愉快，贪心过度就不好了，那是宫怨产生的最大根源。爱可以是欣赏，爱可以是支持，爱可以是关注，还有一种爱的态度叫作：我爱你，与你无关。这和宫怨就不一样了，宫怨中的爱是：我付出了爱，所以我一定要有回报。说到底还是不甘心只有付出没有回报。

　　纵使三千宠爱于一身也还是只有等待，主宰权永远在别人手里，不如做个红尘知己，纵使为其付出一生，也心甘情愿。

　　生活在高墙中的女人啊，要追求爱的权利，请大胆地摆脱那个桎梏。什么锦衣玉食，什么荣华富贵，什么礼教大防，为什么还要顾虑那么多呢？难道爱不是不顾一切地付出，不图回报吗？

　　　　　　我爱你，与你无关

　　　　　　即使是夜晚无尽的思念

　　　　　　也只属于我自己

　　　　　　不会带到天明

　　　　　　也许它只能存在于黑暗

　　　　　　我爱你，与你无关

　　　　　　就算我此刻站在你的身边

　　　　　　依然背着我的双眼

不想让你看见

就让它只隐藏在风后面

……

——歌德《我爱你，与你无关》

"我爱你，与你无关"，这是 19 世纪著名诗人歌德的名言，听起来多少有些霸道，但是它在今天依旧是情感世界的流行概念。这种一个人的孤单爱情，在彻底的无望和一丝独自的喜悦中凝聚。我爱你，与你无关！是时代变了，还是人变了，无从定论，只知道，人们的情感表达方式已不像以前那么纯粹了。

歌德外出旅行时寄居在玛丽恩巴德地区的莱佛佐太太家。房东太太的大女儿乌尔丽克，正值妙龄少女焕发青春的年华。她经常陪歌德散步，像一个女儿对待父亲那样搀扶着他，天真地向他谈论自己即兴想到的一切。可是时间一久，爱的激情在歌德心中荡漾，终于到了不可遏止的地步。他想让乌尔丽克成为自己的妻子，但他得到的却是一番委婉的敷衍……这时，他已度过七十四岁的生日。

从此，他陷入了爱的激情带来的痛苦时代，他开始像换了一个人似的。这个沉默寡言、态度严峻、咬文嚼字、满脑子几乎都是诗歌创作的老人，完全听凭感情的摆布，他把自己的全部热情倾注在十九岁的乌尔丽克身上。

一年前他还只是用父辈的口吻亲昵地称她为小女儿，可是现在，喜爱突然变成了情欲，仿佛情感世界的火山爆发了。刚一听到林荫道上的笑声，这个七十四岁的老翁简直像一个情窦初开的少男，立即放下工作，不戴帽子也不拿手杖，就急匆匆跑下台阶去迎接那个活泼可爱的女孩子，像一个少年似的向她献殷勤。

春季过去，转眼夏季也快要过去，他的痛苦与日俱增，终于到了该离去的时候了，但他依然没有收到任何许诺和暗示。现在，马车滚滚向前，这位善于预见的人终于感觉到，自己一生中一件非同寻常的事已经结束。

这时候，仅仅与乌尔丽克还剩最后一吻的歌德眼前展现出一片秋色，他在这种环境下一气写下了他晚年最著名的爱情诗篇《玛丽恩巴德悲歌》。在七年之后，他又以八十高龄完成了伟大史诗《浮士德》的创作。

是爱情让他饱受痛苦，而告别痛苦又使他获得巨大的成功。

记得有人这样说过，爱情是一本书，第一章是诗篇，其余的多是平淡的散文、令人忧伤的悲喜剧。

有些事仅仅是偶然，有些事分不清对错，有些事是不由自主，有些事是欲罢还休，有些事无法想象，有些事却已呈现在眼前，有些事无法逃避，有些事却触动心灵，有些事还在犹豫，有些事却早已开始……也许这就是我们的爱情。

我爱你，这是一个事实，也是我的态度和决心。我爱你，不是需要一个结果，也不是需要一个将来，我只想独自去体会那爱着的过程，不管是辛酸还是浪漫，也不管是流泪还是欢笑。我爱你，不是想要你的回报，因为，爱一个人，本身就是回报。因为爱你，我不介意继续一个人上演这场爱的独角戏，爱可以是我一个人的事！

"感情的世界里，没有谁是谁的唯一，更没有谁是谁的救赎。"

一直羡慕那些爱和被爱的人们，看着他们因为幸福而发红的脸庞，也为他们的幸福而幸福着。我相信爱情是一种特别灵动的状态，尽管有很多人想对爱情做一种物理标准的界定，但其结果证明此举是徒劳的。

相对许多的物质而言，爱情是虚无的，是缥缈的，是说不清道不明的，它有的时候是一方清凉的空气，吸一口，五脏六腑都是透明的；有的时候它生成一种信念，使你在最艰苦的时候不至于绝望；有的时候它还是打开幸福魔盒的那把钥匙，使平凡的生活突然变得五光十色。

泪湿罗巾梦不成，夜深前殿按歌声。

红颜未老恩先断，斜倚熏笼坐到明。

——白居易《后宫词》

爱情让人忘记时间，时间让人忘记爱情。

看过太多的悲欢离合、聚聚散散，才发现爱情可以在不同的时间不同的地点发生，也可以在瞬间不爱或者爱上其他人。有人说爱情只会持续三个月，三个月以后，两个人在一起就成了一种习惯或者一种责任，爱情就转变成了一种亲情。这样看来，爱情跟激情无异，激情也算是一种速食爱情了。那么对于那些寻找激情的人，我们是不是要给予充分的理解呢?

不管爱情持续的时间有多么短暂，消逝得有多么快，我们还是应该相信爱情。爱的时候，是真的爱了;不爱了，也是真的不爱了。该放弃的时候，要放弃，要把心态摆正，不要对爱情抱有太多的期望，最重要的就是要多爱自己一点。

很多人在爱情路上受到了伤害之后，不是学会了怎么去爱一个人，而是学会了自爱。人一辈子都在追求快乐，逃离痛苦。如果一份爱不适合自己，给自己带来不了幸，就请勇敢地放手吧!爱着，坚持着，这是一个人的权利。不爱了，放弃了，这也是一个人的权利。

在这个物欲横流的时代，又有多少人相信万事万物的联系还有无功利性的存在?有人选择了逃避，有人选择了坚持。有人说，如今社会的爱情是开放的，是现实的，不再是执着的，不再是无价的。爱情只是在朋友的基础上发生肉体关系;爱情只是为了感受激情而找的理由;爱情只是痴男怨女才会去相信去追求的梦想;爱情是每个人最初的梦想，却也是每个人永远不懂得去珍惜的东西。

如今的社会，爱情是经受不起考验的，"爱情"就等同于"做爱的激情"。社会中的男人和女人追求的都是彼此的"色或财"，喜欢的是新鲜，爱情在他们眼中则变成了幼稚的幻想。

爱情是以微笑开始，以吻生长，以泪结束。

当他不爱你的时候，请不要与他诉说你的悲伤，也许，这时你不过是一种习惯，只是，他却无暇了解你，那么你的生活，你的长处短处又与他何干？即使讲了，他也会很快忘记，不爱了，就注定你挤不进他的生命了。

当他不爱你的时候，请不要在他面前流眼泪，他无法给予你照顾和关心，至多用情一下，请骄傲的你，不要放弃本来属于你的骄傲，只有爱自己的人才可以真正去疼惜你，而不是旁观的怜悯。当他不爱你的时候，你的爱便是他的负担，不要希望有什么回报，要记住，你与他之间的爱，是单方面的，你用心，他无心，所以，不要怪他。

也许他也想做好一些，爱一个人，对一个人好，本来就是一种本能，因为不爱了，他没有了这样的本能，当他不爱你的时候，请不要失去自信，因为爱一个人，并非他的优秀，而是一种感觉，他让你有这样的感觉，于是你爱他，同样，他不爱你，并不代表你不再优秀。

请不要去想"永远有多远"，爱没有永远。你们此刻深爱，也许注定遥远的某一天，你们不再相爱。他不再爱你，只是比你早一步到达这一天。

韩国畅销爱情小说《菊花香》里说：我曾为你哭泣，现在为你而活，我将为你死去，把生命全部献给你。爱一个人而那个人不爱你是很让人难受的，但更痛苦的是，爱一个人，却永远都没勇气告诉他。

　　　　世界上最遥远的距离

　　　　不是生与死

而是我就站在你面前你却不知道我爱你

世界上最遥远的距离

不是我就站在你面前你却不知道我爱你

而是明明知道彼此相爱却不能在一起

世界上最遥远的距离

不是明明知道彼此相爱却不能在一起

而是明明无法抵挡这股想念

却还得故意装作丝毫没有把你放在心里

世界上最遥远的距离

不是明明无法抵挡这股想念

却还得故意装作丝毫没有把你放在心里

而是用自己冷漠的心对爱你的人

掘了一条无法跨越的沟渠

——泰戈尔《世界上最遥远的距离》

　　每个女人都曾经是一个无泪的天使，当她遇到自己爱的男人时便有了泪，天使落泪，坠落人间。

　　原以为，一个人怎么可能为了另一个人放弃整个天堂，怎么可能为了他流那么多的泪。现在才知道，原来泪真的可以绵绵不断，而天堂又如何比得上你的微微一笑！

我爱你，这是一个框，一个把自己禁锢起来的框，我无力逃脱，更重要的是，我不想逃脱。

这是自己给自己的框，与你无关。

高山流水觅知音

欲觅知音难上难

"啪"的一声，琴弦被拨断了一根……

有一年，俞伯牙奉晋王之命出使楚国。八月十五那天，他乘船来到了汉阳江口。遇风浪，停泊在一座小山下。晚上，风浪渐渐平息了下来，云开月出，景色十分迷人。望着空中的一轮明月，俞伯牙琴兴大发，拿出随身带来的琴，专心致志地弹了起来。他弹了一曲又一曲，正当他完全沉醉在优美的琴声之中时，猛然看到一个人在岸边一动不动地站着。俞伯牙吃了一惊，手下用力，"啪"的一声，琴弦被拨断了一根……

俞伯牙正在猜测岸边的人为何而来，就听到那个人大声地对他说："先生，您不要疑心，我是个打柴的，回家晚了，走到这里听到您在弹琴，觉得琴声绝妙，不由得站在这里听了起来。"

俞伯牙借着月光仔细一看，那个人身旁放着一担干柴，果然是个打柴人。俞伯牙心想：一个打柴的樵夫，怎么会听懂我的琴声呢？于是他就问："你既然懂得琴声，那就请你说说看，我弹的是一首什么曲子？"

听了俞伯牙的问话，那打柴的人笑着回答："先生，您刚才弹的是孔子赞叹弟子颜回的曲谱，只可惜，您弹到第四句的时候，琴弦断了。"

打柴人的回答一点不错，俞伯牙不禁大喜，忙邀请他上船来细谈。那打柴人看到俞伯牙的琴，便说："这是瑶琴！相传是伏羲氏所造。"接着他又把这瑶琴的来历说了出来。

听了打柴人的这番讲述，俞伯牙心中不由得暗暗佩服。接着俞伯牙又为打柴人弹了几曲，请他辨识其中之意。当他弹奏的琴声雄壮高亢的时候，打柴人说："这琴声，表达了高山的雄伟气势。"当琴声变得清新流畅时，打柴人说："这后弹的琴声，表达的是无尽的流水。"

俞伯牙听了不禁惊喜万分，自己用琴声表达的心意，过去没人能听得懂，而眼前这个樵夫，竟然听得明明白白。没想到，在这野岭之下，竟遇到自己久久寻觅不到的知音，于是他问得打柴人名叫钟子期，便和他喝起酒来。两人越谈越投机，相见恨晚，遂结拜为兄弟，约定来年的中秋再到这里相会。

和钟子期洒泪而别后的第二年中秋，俞伯牙如约来到了汉阳江口，可是他等啊等啊，怎么也不见钟子期前来赴约，于是他便弹起琴来召唤这位知音。可是又过了好久，还是不见人来。第二天，俞伯牙向一位老人打听钟子期的下落，老人告诉他，钟子期已不幸染病去世了，临终前，他留下遗言，要把坟墓修在江边，这样，到八月十五相会时，就可以听见俞伯牙的琴声了。

听了老人的话，俞伯牙万分悲痛，他来到钟子期的坟前，凄楚地弹起了古曲《高山流水》。弹罢，他挑断琴弦，长叹一声，把心爱的瑶琴在青石上摔了个粉碎。他悲伤地说："我唯一的知音已不在人世了，这琴还弹给谁听呢？"

两位"知音"的友谊被后人称道、赞扬，也深深地感动了后人，人们在他们相遇的地方，筑起了一座古琴台。直至今天，人们还常常用"知音"来形容朋友之间的情谊。

摔碎瑶琴凤尾寒，子期不在对谁弹？

春风满面皆朋友，欲觅知音难上难！

——冯梦龙《警世通言》

这是后人为此创作的赞美诗句。或许有的人永远无法理解这种伟大的友谊，因为他们没有这般出众的才华，更没有这般出众的人生境界。"与势相交者，势倾而交断；与利相交者，利穷而义绝。"但俞伯牙和钟子期以音乐和人品相交，他们的友谊没有因为钟子期的死而被埋葬，反而得到了升华。比之今天那些建立在金钱、美女、美酒美食、权力上的"友谊"。钟子期和俞伯牙怎不令人由衷尊敬？

人们常说，千金易得，朋友难求，其实，朋友与知音不是同一个含义，朋友来源于相互的敬重，而知音来源于相互的共鸣；朋友之间是一种情感的爱护，而知音却是精神的高度一致；朋友是相互的欣赏与认同，而知音是"于我有戚戚焉"的相互拥抱。白头如新的可能是朋友，但倾盖如故的一定是知音。

声气相投是知音，肝胆相照是知心。真正的知音是肝与胆的相照，琴与瑟的和鸣，是闪与雷的交作，心与脑的一拍而合，宛如一场大雨淋湿了你，也浇透了我，那是你我同在，天地共存，也是灵魂与灵魂的融合，灵魂与灵魂交织。

中唐后期重要诗人张祜，是个才华横溢，却仕途坎坷、一生不仕的人。他有一首诗《何满子》：

故国三千里，深宫二十年。

一声何满子，双泪落君前。

——张祜《何满子》

这首诗在当时深受推崇。宣宗时任宰相的令狐绹的父亲令狐楚，认为这首诗是千古绝唱，于是上表给唐穆宗李恒，并把他的三百篇诗也一起呈上。而这个李恒是一个没有主见的皇帝，不知该不该重用张祜，于是召来宰相元稹商议。元稹十分孤傲也颇负诗名，他认为张祜的诗没有什么出色的地方。于是穆宗便打消了重用张祜的念头。

到了长庆元年（公元821年），张祜在家中听说大诗人白居易出任杭州刺史，便带着自己的诗卷来拜谒他。他认为白居易是个优秀的诗人，一定会赏识自己的诗才。谁知，他的诗中有几首是长安失意后做的，其中对元稹的不识贤才发了些牢骚，甚至讽刺他枉为朝廷重臣。张祜却不知道，元稹和白居易是知己，经常诗札往来，时人称为"元白"。他那样说元稹，自然让白居易心存不快，并有了偏见，觉得他太妄自尊大，目中无人。因此，白居易也没有举荐他。

这一年，张祜参加了江东文士的解元考试，准备从科举中走上仕途。但是，主持考试的恰恰是对他心存偏见的白居易。

考场上，白居易出题主考。他出的诗题是《余霞散成绮》，赋题是《长剑倚天外》。

考完以后，张祜自我感觉很好。有人问他有何佳句，他得意地说："佳句嘛，如：'日月光先到，山河势尽来。树影中流见，钟声两岸闻。'"

这些诗句，确实写得很好。张祜也觉得解元公非己莫属了。但是，白居易却没有看上他的诗，而是认为另一份卷子上的诗句更凝练、雄奇：今古长如白练飞，一条界破青山色！写这首诗的举子是江南颇有名气的诗坛老将徐凝，白居易就把他点为解元。

张祜的希望又一次落空，他离开杭州，浪迹江湖，日日以诗酒自娱，抒发怀才不遇的感慨。

唐武宗会昌四年（公元 844 年），著名诗人杜牧在池州（今安徽贵池区）做刺史。张祜很想去拜访他，但想想以往的遭遇，不敢贸然前往。一次他在宣州当涂的牛渚停留时，一时感怀，写下了一首诗：

牛渚南来沙岸长，远吟佳句望池阳。

野人未必非毛遂，太守还须是孟尝。

——张祜《江上旅泊呈杜员外》

张祜在诗中把自己比作毛遂，希望杜牧能像孟尝君那样热情。杜牧收到了这首诗后，非常高兴。他早就听说了张祜的诗名，并且张的年纪比他大，可以说是诗坛前辈了，竟主动想来拜访，于是杜牧即刻写了《酬张祜处士见寄长句四韵》来酬答："七子论诗谁似公，曹刘须在指挥中。荐衡昔日知文举。乞火无人作蒯通。北极楼台长挂梦，西江波浪远吞空。可怜故国三千里。虚唱歌词满六宫。"

杜牧在诗中赞扬了张祜的诗才和名篇《何满子》，并借用孔融上表荐举祢衡和蒯通向丞相曹参乞火的典故，对令狐楚举荐张祜而遭元稹拒绝的事表示遗憾。张祜见诗后，立刻到池州与杜牧相见。一布衣，一太守，结为了知己。

知音比朋友更难得，因为他是可遇不可求的。或许你从仆如云，一呼百应，但未必有一个知音；或许你高朋满座，珠玑妙语，但知音不是虚位以待的；或许你在亲情的环绕下，有人嘘寒问暖，但他们不一定真懂得你；或许你佳人携手，如花美眷，但爱人不一定能如花解人语。知音不是金钱财宝换来的，也非功名权位招来的，它是一种灵魂的召唤与相应，是灵魂与灵魂的互答。

两个知音的相遇就是两颗流星相撞，在刹那的撞击中，人生最灿烂的火花迸射出炫彩夺目的光华，书写出人生最优美的乐章！

　　孟浩然长叹曰："欲取鸣琴弹，恨无知音赏。"岳飞午夜无眠长歌道："欲将心事付瑶琴，知音少，弦断有谁听？"像苏轼那样的天纵奇才，可谓合唱者众多，他却自比孤鸿，写下了"拣尽寒枝不肯栖，寂寞沙洲冷"的句子。

　　知音太难得了，越是杰出者越寂寞，越难觅到知音，或许这是曲高和者寡。有的人寻觅一生也得不到一个知音。即使高朋满座、载誉而归也遮不住他落寞的身影；身在喧嚣中也能听到自己的心跳，衣锦还乡也如夜之归途。如凡·高生前无人认同，最终以枪自毙，死后纵是遗画价高数千万美元又与他生前的寂寞何干；屈原忧国忧民，但朝廷中却无知音，赋完《离骚》逐水而眠；曹雪芹用血泪涂写成了《红楼梦》，最终泪尽而逝，难怪《红楼梦》结束于一场无垠苍凉的大雪。温瑞安在《神州奇侠》系列里让每位高手死时都说一句：人生好寂寞！

　　知音太难得了，纵是杰出者之间也不能成为相互知音。据说，当年歌德听完贝多芬的音乐时，异常激动，竟热泪盈眶。但此举激恼了贝多芬，他愤怒地冲着歌德吼道："你根本没有听懂我的音乐！"高更与凡·高同样杰出，但他们相处不长时间，高更就愤然地搬离了凡·高为其精心准备的房子。再者清华大学同学聚会时，钱钟书先生的一位同学对钱先生说："你的《管锥编》什么都写了，就是没写你自己。"钱先生恼怒地说："你根本没读懂我的书。"于是把一套《管锥编》寄给同学，让他再读。

　　知音太难得了，所以我们更能充分地理解鲁迅先生为瞿秋白先生写下的那句长幅："人生得一知己足矣！斯世当以同怀视之。"

中国自古以来就留下了"士为知己者死"的格言，人们是那样的重视知音，知音知己，为其生死而无怨无悔。

我们不必说"鞠躬尽瘁，死而后已"的诸葛亮，也不必说易子救孤的程婴，我们就翻开《史记·刺客列传》吧，翻开这一篇，那是满纸的豪气干云，热血纵横，洋溢着"士为知己者死"的视死如归。专诸、豫让、聂政等为报知遇，死而无怨，尤其荆轲刺秦王，更是浴血奋战生死无悔。

荆轲原为齐国人，后迁徙卫国，他刺杀秦王既不为利，亦非为民族、为国家诸等正义，只是因为受托于知己田光，报燕太子丹之知遇。他让秦王惊慌失措，负剑逃窜，尽失王者风范。在身受巨创之后，他面不改色，倚柱而笑，并且指着秦王骂道："事所以不成者，以欲生劫之，必得约契以报太子也。"

这是知音知己的最高礼遇，用血涂满寻找知音的路。有什么比生命更可贵的呢？然而生命在这条路上，只不过是寻找灵魂共鸣的一堆血肉。灵魂的归宿是那共鸣的歌声，知音说在嘴边不是花言巧语的轻诺，那是灵魂深处释放的沉重。

当今的人啊，越来越自我封闭了，谁还注重灵魂的共鸣？肉体的享受，物欲的泛滥，它们能填满我们那精神上的空虚吗？能填补我们灵魂的寂寞吗？我们要释放自己，寻找灵魂里那个真正的自我，我们要寻求一种精神，寻求精神上的共鸣者。我们将不再独自吟唱，或许有一天我们站在山之滨、水之湄独自曼声歌唱时，有一位倾听者说："善哉，峨峨兮若泰山！善哉，洋洋兮若江河！"

当梦想照进现实

明朝散发弄扁舟

夜晚偷偷爬上凉台,仰望着天空的星星,黑暗和光明进行着完美的交替。夜空下,凸显着自己的渺小和孤独;也明白了自由的人是孤独的,可很多孤独的人却不自由。

回头看见自己的身影,不觉想,我是影,却为什么不能和自由如影随形?我可以忍受与梦想相隔万里,却无法忍受与梦想仅有一墙之隔。在现实的残酷下,梦想往往遥不可及。当你准备好为梦想而牺牲一切的时候,残酷的现实已经把你将要牺牲的所有都耗尽了。时间、生命,一切可以利用的东西,最终只是为了迎合或者逃避现实,而未能等到梦想的出现就夭折了。

在《梦想照进现实》中首先出现的,是"人生意义",非常普及而终极的哲学问题。

弃我去者,昨日之日不可留;

乱我心者，今日之日多烦忧。

长风万里送秋雁，对此可以酣高楼。

蓬莱文章建安骨，中间小谢又清发。

俱怀逸兴壮思飞，欲上青天揽明月。

抽刀断水水更流，举杯消愁愁更愁。

人生在世不称意，明朝散发弄扁舟。

——李白《宣州谢朓楼饯别校书叔云》

人之累，莫过于心累，心之累，又莫过于算计了他人，苦恼了自己，与其这般劳累，倒不如坦坦荡荡、心安理得过上一辈子。

能力的大小，天赋固然重要，当然也不排除后天努力的调整，而所处之环境，尤其是时代环境，就大多数人来说却是无法抛开的，那些制度都是为自由而建立的，为追求自由的人而设立的。

天宝元年（公元 742 年），李白抱着"使寰区大定，海县清一"的政治理想来到长安，然而唐玄宗却只让李白待诏翰林，任文学侍从之臣，任职于翰林院。翰林一职，了无实权，李白的志向根本无法实现。况且他的性格十分傲慢，也不能忍受"摧眉折腰事权贵"的生活，于是，两年后即因遭谗毁，自请还山。

离开长安后的李白，以游山访仙、痛饮狂歌来排遣怀才不遇的忧愤，但他始终没有放弃建立伟业、成为非凡人物的理想。安史之乱爆发后，李白应邀入永王李璘幕府，他以为自己又获得了一个建功立业的机会，遂咏出"但用东山谢安石，为君谈笑静胡沙"的豪迈诗句。没承想，永王军队为唐肃宗消灭，自己也受牵连入狱，不过后来在流放夜郎的途中遇赦。

时势方能造英雄，如果不幸出生在了一个思想狭隘的年代，那么就放弃做英雄的念想吧！梦想虚无缥缈，现实还是无法逃避，梦想无法照进现实，兜兜转转百转千回之后，才发现自己还是站在原地，压根儿就没有走动过。人生就剩下了一个华丽的转身……

每个人都在经历现实，每个人都有自己的梦想，这个世界的痛苦好像就是现实和梦想之间的差距造成的。无论是谁，也无论在何时，所有的梦想和现实都不会同时存在，衡量幸福的程度完全是与其个人梦想与现实的距离远近成正比的。这个世界没有一个人是真正幸福，或者是无比幸福的，只能是相对来说，某个人会比某个人幸福一点，仅此而已。

是不是又到了左转还是右转的时候，是不是又一次在莫名无知中错过，是不是又将不知道如何面对未来而放弃了眼前的机会……

落魄江湖载酒行，楚腰纤细掌中轻。
十年一觉扬州梦，赢得青楼薄幸名。

——杜牧《遣怀》

世事百转千回，盛年浮光掠影，蓦然回首时，才发现——原来自己错过了生命中许多值得珍惜的东西。所以，如今的我们才更加懂得去珍惜身边所拥有的一切，去珍惜生命中的每一天。

随着岁月的蹉跎，年华的流逝，人们领悟到了生命的真谛——人生就像一袭美丽的华袍，也认清了这个竞争激烈的社会，残酷的现实里处处都弥漫着势利、金钱与虚伪的烟尘。可是尽管社会是复杂的，但那不意味着真诚的消失；人际关系是复杂的，但并不意味着真诚的泯灭；生活是艰辛的，但并不意味着童真的消失。

曾经，我们为了证明人类能否飞翔而从高处跌落，弄痛了自己，可这看似愚蠢的举动，却见证了我们成长的印记。然而，当时光洗尽岁月的铅华，天真不再之时，我们也日渐少了那份勇于探索的执着，我们开始不再好奇身边的新鲜事物，取而代之的是固有的思维模式，是生活中的那无法躲避的人生负累。

梁晓声曾说：当代中国青年半数以上处于迷惘中。

没有新的理念充填，同时对未来又感到不确定和彷徨苦闷，一方面是对前程的难以捉摸，另一方面又是由于可以享受上一代留下的遗产，所以虽然心里痛苦，但又有资本得过且过，可是二十年后呢？没法说，也许需要一次大的地震才能清醒过来。

迷惘是一种被啃噬的疼痛，没有答案，不知所措，它让心在漫无边际中徘徊挣扎……

得即高歌失即休，多愁多恨亦悠悠。

今朝有酒今朝醉，明日愁来明日愁。

——罗隐《自遣》

不确定的彷徨和无助，不知所云、无所适从的困惑却把心搅得近于窒息。

罗勇的《北京桂花陈》描写了一群陷入巨大迷惘中的年轻人。主人公何为无论画画，当贝斯手，还是做娱记；无论在湖南，还是在北京，都感到无所适从……

20 世纪 90 年代中期，人们已经渐渐淡漠对启蒙的渴望，取而代之的是情感、意志、精神的"煎熬"。广告和明星开始充当人们心灵和行为的教父，他们所标榜和崇尚的准则，成为人们塑造自我的范本。

谁都在谈个性，谈与众不同，但很少有真正的个性出现。

"时常会有一种梦幻般的感觉，像乘坐时光机器一样，我伏在车窗外，风如同无数双柔情蜜意的手轻轻地抚过我的身旁，天空中大片大片明亮的灰，看着看着，隐隐地，我开始感到脚下在颤抖，不安分。"《北京桂花陈》描写的正是这样一种生活状态，一群陷入巨大迷惘中的年轻人。佳子同样如此，三个男人让她无所适从，她似乎谁都爱，又似乎谁都不爱；谁都爱她，又似乎谁都不爱她，一切都无所适从。

　　如果这些不确定性、不可言说的迷惘，真的只是因为无法确定对自己工作、生活地点和爱情的选择，或者如果可以认识到是因为什么而困惑、迷惘，那我们也可以确定自己到底需要什么，也就可以找到对症下药的方法。但人生与众生的问题似乎并没有这么简单，这一切都是表面的、最直观的现象。

　　这种由于无法把握和掌控而产生的悬空和荒诞感，就像一个巨大的黑洞吸走了所有的光，我们无法描述出这种每一个人都感同身受却同样无法言说的感觉。

　　当一切都不可捉摸、不可确定、不可言说，当只有身体的感觉才能让人感到自己确实存在时，这该是一种多么可怕的孤独！

　　我们犹如落叶任秋风带到任何角落，还故作清高。日月如梭，生命只有一次，时光稍纵即逝，因此，我们珍惜生命，就要珍惜现实的人生，思考现实的人生，享受现实的人生。

　　罗素说："我的生命源于对爱情的渴望，对知识的寻求，以及对人类苦难生活的怜悯。"

　　人生如一艘在水流中航行的船，过了这道风景线，接下来是迎来下一道风景线，日新月异，现实的景观也是一去不复返。所以说，现实是人生的起点，愿望是人生的目标，实现了一个目标，又在现实中起步，向往新的目标，这就是现实的人生与愿望的内涵。人生不能脱离现实，更不能没有愿望。今时今日的现实，其实就是昨日的愿望，在今日现实的人生，又产生了明日新的希望，再让自己走向人生新的希望。现实的人生，就是要如此不断地往复，人生才会变得充实，变得有意义，变得有价值。

人生有悔，所以，请保持理智，不要将你的生命浪费在让你后悔的事情上；人生不悔，因为生活还要继续，所以不如放开心怀，把握当下的每一个机遇，过好人生的每一天。

当人的生活变得越来越现代，乡土就变得越来越具有象征性，她使我们重新审视正在失去的东西，如自然的清新、身心的自由、人伦的温馨、道德的淳朴，等等。当我们热切地呼唤这些审美化的东西时，与其说是冷静的批判，不如说是热烈情感的宣泄；与其说是警醒世人，不如说是安妥自己的灵魂。

在这个追求实用、欲望泛滥、过度放纵的世界上，像这样一种顺乎自然、超功利的审美态度实在弥足珍贵。不知从何时起，人类已经变得渐渐迟钝，忘记了对于自然的无目的的欣赏。

> 空山新雨后，天气晚来秋。
>
> 明月松间照，清泉石上流。
>
> 竹喧归浣女，莲动下渔舟。
>
> 随意春芳歇，王孙自可留。
>
> ——王维《山居秋暝》

亲近自然，过一种简单的生活，你将获得自由和快乐！无论是"大漠孤烟直，长河落日圆"雄奇壮阔的景象，还是"明月松间照，清泉石上流"细致入微的自然物态，人的闲适，带来了心境的平和；心境的平和便能让人细致入微地觉察到身体以外的物。

真正美好的事物，看着、听着、闻着，要比实际的触着、吃着更合宜，天地间的精华，原是待心灵的细致感应来领略的，一旦为实际所应用，也就因为受到粗糙的对待而糟蹋了。

在田园里，人和物毕竟是一气共流转，显现着和谐的步调，这和谐的步调不就叫作自然吗？这是生命的感觉，在自然里或田园里待过一段时间后，这是一种极亲切的感觉，何等的和谐啊！儒家的"泛爱众"与老庄的"静泊""逍遥"交融于一体，共同构建了一种和美的人生意境。

我们生活在大自然中，感悟大自然，它与人生是一种奇妙的契合。自然是人生，人生也是自然。不轻为、不擅为、不强求、不妄求，心静怡然、能为则为、可求则求，犹如顺江小舟，顺势而行，自然会行得更远，达其目的。

上善若水正是水能避阻处下、若清若浊、不争不夺、至柔至弱，却至刚至强。人性若能似水，则游刃有余、无私无畏、坦荡无虑、万事昌顺。物欲横流的当今，能心性若水自然惬意，能有一种超然的心态，也实属不易，人非神仙，谁又能不食人间烟火？人性的贪婪又往往使人心灵迷茫身不由己，生存的现实不由得要人在世间你争我夺，摩擦抵触，甚至导致大祸。

在争取生存价值的同时，能否偶尔自醒自悟地抽身事外自省逍遥一番，不要斤斤计较，患得患失，能否享受一下现实的拥有、清晰的快乐，体味一下畅然遐思心驰神往的美好境界。大自然的无言无私，便有了生生不息乃至永恒的安逸。用一颗善良淳朴的心，用谨慎感恩的情，来回报自然、社会、生命赋予我们的一切幸福。以非清非浊大智若愚的心性接人待物。坦坦荡荡、潇潇洒洒，尽享自然人生的快乐！

大自然的一切都是那样清寂、静谧，既生灭无常，又充满生机，无牵无挂，无缚无碍，一任自然，自由兴作，王维正是通过这种即自然之真，悟自然之性来回归自然的。在与大自然的契合之中，他感到了愉悦，也得到了解脱。然而，沉浸在那由彩翠、白云、青林、红萼组成的大自然境界中时，美的快感便油然而生了。

不知大自然纷繁变幻的妙有之美，便不可能悟得世界万物虚幻无常的真空之理，当他徜徉在大自然境界中时，自己那"寂而常照，照而常寂"，虚空寂静而自由自在的空性便与"万物静观皆自得，四时佳兴与人同"的自然山水有了亲密的契合，就在这朗然见物之性与物之境的同时，也现出了我之性与我之境。

去除了一切来自世俗浮华的遮蔽，朗然澄澈如天地之鉴，一切万物可以在此光明晶洁的虚空中自由来往，万物得以历历朗现，它们变幻无时但又生生不息，虽虚空无常但又一任自然，他在清晰地感受着它们的同时，也在清晰地感受着自己。

19 世纪中叶，美国思想家梭罗为了体验自己真实无误的生命，曾告别城市，来到森林湖畔，寻求与大自然最亲密的结合。他认为人回归大自然，才是最高的善与美。我们认为，人的生命源泉就是来自大自然的生命，人虽然是天地的精华，万物的灵长，但人毕竟也是大自然的产物，和大自然中所有的生命一样，在本体上是相同的。即无论天地也好，自然也好，人类也好，"盖将自其变者而观之，则天地曾不能以一瞬；自其不变者而观之，则物与我皆无尽也"（苏轼《前赤壁赋》）。生生不息，周而复始，不断变化而又实无有变，这就是宇宙自然中一切事物的法则。因此，人要体验自己的生命本真，必须与大自然有最深层的和谐契合。

是风，就会有停下来的时候；是云，就有化作雨的时候；是水，就有要流入大海的时候；停下来不是永久，化作雨不是结束，融入大海不是终结。

为自己要做的事情感到无力就是不自由，而对于自己不要做的事情都非要去做也还是不自由。但有时，自由在自己脑海里已经很自由了。

人生不是戏剧的表演，而是我们生命的真实展现。现实的人生，就要让自己在现实中，不断地释放自己，舒展自己，完善自己。要度过如此真实的人生过程，必然有喜有忧，有苦有乐，有成有败，有起有伏，这样现实的人生，才会体现出生命的作用、意义与价值。唯其如此，现实的人生，才会变得更加丰富，更加精彩，更加闪光，更加快乐，我们才能够更深刻地感悟到人生的内涵。

莫使金樽空对月

古来圣贤皆寂寞

　　"古来圣贤多寂寞，唯有饮者留其名"，文人和酒自古就是一体的，他们之间有着特殊而密切的关系。酒是文人们的生命线，是他们艺术的催化剂和助产师。自古有多少名人佳话以酒为媒，又有多少的动人篇章是诗人在醉意中的随意挥洒！诗人的从容和逍遥、诗人的不平与牢骚、诗人的悲哭与欢笑，常常寓之于酒，寄之于诗，构成了他们的诗酒生涯。

　　说到酒，第一个想到的是杜康，没有他，历史不知要变得多么无趣，许多名篇将不复产生。杜康原是黄帝手下的一位大臣。黄帝建立部落联盟后，经过神农氏尝百草，辨五谷，开始耕地种粮食。黄帝命杜康管理粮食生产，杜康很负责任。由于土地肥沃，风调雨顺，连年丰收，粮食越打越多，那时候由于没有仓库，更没有科学保管的方法，杜康把丰收的粮食堆在山洞里，时间一长，因山洞潮湿，粮食全霉坏了。黄帝知道了这件事，非常生气，下令把杜康撤职，只让他负责粮食保管，并且说，以后如果粮食再发霉，就要处死杜康。

　　杜康由一个负责管理粮食生产的大臣，一下子降为粮食保管官，心里十分难过。但他又想到嫘祖、风后、仓颉等臣，都有发明创造，立下大功，唯独自己没有什么功劳，还犯了罪。想到这里，他的怒气全消了，并且暗自下决心：非把粮食保管这件事做好不可。

　　有一天，杜康在森林里发现了一片开阔地，周围有几棵大树枯死了，只剩下粗大的树干。树干里边已经空了。杜康灵机一动，他想，如果把粮食装在树洞里，也许就不会霉坏了。于是，他把树林里凡是枯死的大树，都一一进行了掏空处理。几天后，他就把打下的粮食全部装进树洞里了。

　　谁知，两年以后，装在树洞里的粮食，经过风吹、日晒、雨淋，慢慢地发酵了。

　　不看则罢，一看可把杜康吓了一跳。原来装粮食的树洞，已裂开一条缝子，里面的水不断往外渗出，山羊、野猪和兔子舔了这种水倒在地上。杜康用鼻子闻了一下，渗出来的水特别清香，自己不由得尝了一口。味道虽然有些辛辣，但特别醇美。他越尝越想尝，最后一连喝了几口。

　　这一喝不要紧，霎时，他只觉得天旋地转，刚向前走了两步，便身不由己地倒在地上昏昏沉沉地睡着了。不知过了多长时间，当他醒来时，只见原来捆绑的两只山羊已有一只跑掉了，另一只正在挣扎。他翻起身来，只觉得精神饱满，浑身是劲，一不小心，就把正在挣扎的那只山羊踩死了。他顺手摘下腰间的尖底罐，将树洞里渗出来的这种味道浓香的水盛了半罐。

回来后，杜康把看到的情况，向其他保管粮食的人讲了一遍，又把带回来的"水"让大家品尝，大家都觉得很奇怪。

黄帝听完杜康的报告，又仔细品尝了他带来的"水"，立刻与大臣们商议此事。大臣们一致认为这是粮食中的一种元气，并非毒水。黄帝没有责备杜康，命他继续观察，仔细琢磨其中的道理。又命仓颉给这种香味很浓的水取个名字。仓颉随口道："此水味香而醇，饮而得神。"说完便造了一个"酒"字。黄帝和大臣们都认为这个名字取得好。

就这样酒诞生了，有了酒也才有了"以酒为名，一饮一斛，五斗解酲"的刘伶，也就有了"金樽清酒斗十千"的李白。

李白向来有"诗仙"之称，同时，他又不愧于"酒仙"的称号。杜甫曾经说他"天子呼来不上船，自称臣是酒中仙"。他自己也宣称"百年三万六千日，一日须倾三百杯"。但是，李白喝醉以后不同于其他人，他喝酒以后，诗写得更好。《清平调》三首著名的诗，就是他醉后写的，这里有个十分有趣的故事。

开元年间（公元713—741年），皇宫中初次种植牡丹，红的、紫的、粉的、白的都有。唐玄宗很喜欢这些花，就移植了一些在兴庆宫龙池东面的沉香亭前。一天，牡丹盛开，玄宗与杨贵妃一起来赏花，并选出一些特别出色的乐工，写出了十六部新曲谱。著名乐师李龟年，拿着乐器和乐工们一起前来准备唱歌助兴。

玄宗说："今天赏花王牡丹，又有贵妃在，怎么能再用旧歌词呢？"于是命令李龟年速召翰林居士李白进宫，写新歌词再唱。

李龟年带人到翰林院，李白却一早出去喝酒了。于是李龟年又到长安市中找，忽然听到一座酒楼上有人高声放歌：

> 天若不爱酒，酒星不在天。
>
> 地若不爱酒，地应无酒泉。
>
> 天地既爱酒，爱酒不愧天。
>
> 已闻清比圣，复道浊如贤。
>
> 贤圣既已饮，何必求神仙？
>
> 三杯通大道，一斗合自然。
>
> 但得酒中趣，勿为醒者传。
>
> ——李白《月下独酌·其二》

老天不爱酒，天上又怎会有酒星呢！这大地如果不爱酒，地上也不会有酒的！既然这天地都爱酒，我爱酒又有何妨呢？一次喝三杯只是小意思，算不得喝酒，一次一斗才算喝酒。"酒"中自有黄金屋，"酒"中自有颜如玉，其中的乐趣不喝醉的人是很难知道的。

如此豪情令李龟年心头一颤，忙上楼一看，果然是李白，于是他上前高声说："奉旨立宣李学士沉香亭见驾。"谁知李白已酩酊大醉，口中念道："我醉欲眠君且去。"说完趴在桌子上睡着了。李龟年没办法，只好叫随从抬着李学士下楼，用马把他驮到兴庆宫。

李龟年扶着李白来到玄宗面前，李白醉极了不能朝拜。玄宗因为爱惜李白的才华，所以一点也不怪罪，让人在亭子边铺了条毛毯，让李白躺下，又让歌女念奴以冷水洒面。李白醒后，见到皇帝，连忙挣扎着跪下说："臣罪该万死。"玄宗叫人立即做醒酒汤来，汤来后又亲自用勺子调温后，让李白喝下，然后说："今天牡丹盛开，我和贵妃赏玩，不想听旧歌词，所以请你来作几首新的。"

李白听了，就说："这倒不难，只是请皇上赐酒。"玄宗听了，有点不高兴："刚把你弄醒，你又要喝酒，是不是存心违抗我呢？"李白说："皇上，我是斗酒诗百篇，喝了酒才作得出好诗。"玄宗就让人捧来酒。李白一口气喝了好几杯，立即提笔，在铺好的纸上龙飞凤舞起来，三首《清平调》一会儿就完成了：

其一

云想衣裳花想容，春风拂槛露华浓。

若非群玉山头见，会向瑶台月下逢。

其二

一枝红艳露凝香，云雨巫山枉断肠。

借问汉宫谁得似，可怜飞燕倚新妆。

其三

名花倾国两相欢，长得君王带笑看。

解释春风无限恨，沉香亭北倚阑干。

——李白《清平调》

　　玄宗读了三首清平调，非常高兴，马上命令乐工们调试好乐器，并催李龟年演唱。于是盛唐时代的一些著名音乐家都为他伴奏，李暮吹笛，花奴击羯鼓，贺怀智击方响，郑观音弹琵琶，张野狐吹觱篥。玄宗兴致一来，也拿起玉笛吹奏起来。每支曲子唱过之后，都要改变节奏，缓慢地再唱一次，听起来特别柔婉动人。杨贵妃在旁边手执花枝含笑聆听，非常高兴。唱毕，玄宗命贵妃执七宝杯，赐李学士一杯西域产的葡萄酒。

　　李白爱酒如命，他和他的"导师"，也是发现他这匹千里马的伯乐——贺知章的相识也是发生在酒楼中的。李白第一次到长安寻找报国之门时，有一天和朋友慕名去一家酒楼吃饭。这家酒楼的酒可是长安一绝，许多达官贵人、文人墨客都喜欢上这儿来。恰巧，那天贺知章也在那儿吃饭。文人喝酒，难免要行行酒令，吟吟诗文。遇上美酒，李白诗兴大发，吟起了那首《蜀道难》："噫吁嚱，危乎高哉！蜀道之难难于上青天……"贺知章闻此绝唱，马上找到李白，两人越聊越投机。李白又给贺知章看了他的《乌栖曲》，看罢，贺知章称赞李白为"谪仙人"，当即表示要请李白喝酒，可这老贺也挺健忘的，居然出门没带钱。这怎么办？贺知章当即解下自己作为官员象征的金龟做酒资。

也难怪这两人能成为知己，酒品相近而已，李白不是也有"五花马，千金裘，呼儿将出换美酒"吗？贺知章故后许多年，李白还有"四明有狂客，风流贺季真。长安一相见，呼我谪仙人。昔好杯中物，翻为松下尘。金龟换酒处，却忆泪沾巾"以资纪念，诗中有酒，序中更是详细叙述了两人以诗为媒以酒为交，畅杯抒怀。怅然有怀，凄然伤情、泪下沾巾之语，既是为知遇之恩，也是为少了一位可以倾心尽醉的忘年交的长者。

李白爱酒，爱屋及乌，连对酿酒的师傅他都有感情。宣城有一位姓戴的老翁，酿酒技术高超，他酿的酒甘美无比，李白特别喜欢。当这位老翁去世以后，李白特地赋诗一首以为纪念，这就是著名的《题戴老酒店》："戴老黄泉下，还应酿大春。夜台无李白，沽酒与何人？"李白希望戴老，即使是在黄泉之下也不要忘记酿酒。只是美酒还须人赏识，在那黄泉之下是没有像自己这样的知音的，又有何人会去喝你的酒呢？你又把酒卖给谁呢？诗人与善酿老翁、诗人与美酒之间是怎样的一种缘分啊！

在李白的生命中，诗与酒是极为重要的元素。他的那些不朽的诗篇永远都和酒有关，或是酒醉而作，或者以酒为主题。在醉中，他"兴酣落笔摇五岳，诗成笑傲凌沧州"，如此登峰造极的状态可说是这位酒中仙人的本色。他愁也饮酒，借酒解愁，却是"借酒浇愁，愁更愁"；欢乐时也饮酒，借酒抒怀，"天生我材必有用，千金散尽还复来。烹羊宰牛且为乐，会须一饮三百杯"。诗人强烈的生命意志和人生喟叹就这样消融于酒，寄寓于诗：

落日欲没岘山西，倒著接篱花下迷。

襄阳小儿齐拍手，拦街争唱《白铜鞮》。

旁人借问笑何事，笑杀山公醉似泥。

鸬鹚杓，鹦鹉杯。

百年三万六千日，一日须倾三百杯。

遥看汉水鸭头绿，恰似葡萄初酦醅。

此江若变作春酒，垒曲便筑糟丘台。

千金骏马换小妾，醉坐雕鞍歌《落梅》。

车旁侧挂一壶酒，凤笙龙管行相催。

咸阳市中叹黄犬，何如月下倾金罍？

君不见晋朝羊公一片石，龟头剥落生莓苔。

泪亦不能为之堕，心亦不能为之哀。

清风朗月不用一钱买，玉山自倒非人推。

舒州杓，力士铛，李白与尔同死生。

襄王云雨今安在？江水东流猿夜声。

——李白《襄阳歌》

诗人意念中的岁月，尽是醉中生涯，诗人醉中的山水，无不与酒相关。
这真是一幅酒鬼的自画像，算起来也就只有同样号称酒鬼的刘伶的《酒德诵》
可以与之媲美。

李白的《月下独酌》是他与酒的情缘的集大成，其第一首是李白酒诗的
风雨同舟之作，名垂千古："花间一壶酒，独酌无相亲。举杯邀明月，对影
成三人。月既不解饮，影徒随我身。暂伴月将影，行乐须及春。我歌月徘徊，
我舞影零乱。醒时同交欢，醉后各分散。永结无情游，相期邈云汉。"

在我们心中，大唐全盛时期的美酒是最令人迷醉的，盛唐诗人的醉态也
是最令人心动的。大唐以前的酒似乎还不够醇厚、清爽，诗人的醉意似乎也
还不够从容、酣畅，而盛唐以后的酒，其中又有太多的而且是越来越浓的心
酸和苦涩，诗人的醉中也有愈来愈深的无奈和悲凉，"梦里不知身是客，一晌
贪欢"。唯有盛唐诗人们，能自如地挥洒春风般华美芬芳的诗笔，酣畅淋漓
地抒写他们生命中的沉醉。

读这样的诗，我们未饮之前就已经醉了。是盛唐，成就了李白；是李白，
使盛唐的美酒如此醉人。大唐，以其强盛和繁荣，以其勃勃的生机，也以
其兼容并包的博大气象和充分的自信与宽容，造就了一个诗的时代、一个诗
的国度！在这样一个黄金时代的氛围和背景中，以"沉郁"著称的诗圣杜甫，
也写出了诙谐豪放、浓墨酣畅：

知章骑马似乘船，眼花落井水底眠。

汝阳三斗始朝天，道逢麹车口流涎，恨不移封向酒泉。

左相日兴费万钱，饮如长鲸吸百川，衔杯乐圣称避贤。

宗之潇洒美少年，举觞白眼望青天，皎如玉树临风前。

苏晋长斋绣佛前，醉中往往爱逃禅。

李白一斗诗百篇，长安市上酒家眠，天子呼来不上船，

自称臣是酒中仙。

张旭三杯草圣传，脱帽露顶王公前，挥毫落纸如云烟。

焦遂五斗方卓然，高谈雄辩惊四筵。

——杜甫《饮中八仙歌》

　　杜甫的诗被称为"诗史"，他挥洒而就的这幅精彩的"醉仙图"，正是具有特殊历史意义的画面。这以后多少年，多少代，我们都再也看不到这样精彩的画面，看不到这样酣畅恣肆、陶然忘我的醉了。

应缘我是别茶人

小阁烹香茗

室雅何须大，茶香不在多。相约于一个午后，相约于一杯清茶，相约于一首轻歌，浸润了很多思绪。

常常一个人在想，真正的生活是怎么样的？是西装革履伴着公文包，是半夜两点灯下的苦读？是电脑前一双疲劳的眼睛？还是茶楼里一杯淡淡的碧螺春？

喜欢一个人在家中，泡杯茶，置于书桌上，凝视着那小小的茶叶徐徐地落入杯底，鼻子闻着那淡淡的茶香，静静地坐着，享受着暖洋洋的阳光。没有心情理会桌上的电子讲义，也没有兴趣动眼前的鼠标。拿起手中的茶杯，细细品尝，茶从口入，那淡淡的茶香，自身体深处散发至四肢、舌尖、鼻孔、眼瞳、发丝，似全身置于清新的美妙仙境处，又如淋浴在夏日树荫中，清爽宜人。

茶，本是植物的一部分，或叶或花。经过特殊炮制之后，就变成了饮料。把它们浸入水中，稍待一会儿，它们就变成了青绿的茶水。

三毛说："人生有三道茶，第一道苦若生命，第二道甜似爱情，第三道淡如微风。"只有投入到沸腾的生活中，才会显示出生命的绿色。一茗好茶，未入口早已余香飘逸，初啜口感微苦，咽之则生涩意，待片刻再饮，顿觉苦味尽去，醇香淡雅满齿留芳，沁人心脾。这品茶过程的似乎就是美好人生的写照。

人之出生或许就似这茶，沐浴于骄阳下，摇曳于风雨中。清晨有朝露洗脸，暗夜有银月为灯。经历了许多冷暖晴阴之后，我们就成熟了。成熟的我们积累了许多思想、情绪、经验、财富，抑或是一贫如洗，身无分文。不论浓茶香烈，还是淡茶清醇，终有一天将会魂归天地。茶在水中，释尽自己最后一丝余香，让人能够品尝，能够回味，这就是茶之功勋吧。

茶。

香叶，嫩芽。

慕诗客，爱僧家。

碾雕白玉，罗织红纱。

铫煎黄蕊色，碗转曲尘花。

夜后邀陪明月，晨前独对朝霞。

洗尽古今人不倦，将如醉前岂堪夸。

——元稹《茶》

苏轼曾云："戏作小诗君勿笑，从来佳茗似佳人。"如果用佳人来比喻茶，茶就是清丽脱俗、清纯可爱、风韵天成的春妆处子。事实上，茶又何尝不是对人的一种绝好的形容呢？品茶，品心情，嗅茶香，观茶色，感受着温暖，享受着茶与杯的搭配，沐浴着阳光与夜色，欣赏着身边的美丽，依偎着自己的爱侣，品味过去的喜悦与哀伤，憧憬未来的浪漫人生……

爱茶，厌倦了都市里的喧嚣，反感纸醉金迷的应酬，是红尘中为数不多的"叛逆"！骨子里的清高如同杯中的清茶，容不得一点点的污浊。没有大隐于市的境界只能小隐于林，远离尘埃，去品一杯新茶吧！

每天习惯喝茶，心思仿佛都在茶里似的。起起浮浮，时偶微苦。喝茶，喝的是一种心境：感觉心身被净化，滤去浮躁，沉淀下的是深思。茶是一种情调，一种欲说还休的沉默，一种欲笑还颦的忧伤，一种"千红一杯，万艳同窑"热闹后的落寞。看着茶叶的翻卷，叹一句：茶要沸水洗礼后才有浓香，人生要经历磨炼以后才能坦然。静心洗尘尘不去，心静何必去劳尘，茶中自然有百味，生活百味中一味。茶香满室，杯中茶由淡变浓，浮浮沉沉，聚聚散散，苦涩清香中慢慢感悟。

一杯淡淡的、散发着清雅幽香的菊花茶。一朵原本干巴巴的菊花，悄然绽放，在那嫩绿的茶中，舒展着花瓣，每一片花瓣，都是那么饱满、水润。一片被落单的花瓣儿静静地浮在水面，那么孤单，那么无助，仿佛有点伤感的味道。

人生与茶，是一样的。人生需要快乐，茶需要生机，就连茶里的菊花瓣儿，也是一样的，它们需要惬意而充实的生活，它们为茶带来了无限生机。茶拥有了无尽的生机，为人生带来了一点欢乐……某些茶，愈放愈醇美；某些事，愈放愈有味；某些时光，放下比收藏着轻快。

古人喝茶的境界是：楚云散尽，燕山飞雪，江湖归梦，从此忘机。有诗为证：

小阁烹香茗，疏帘下玉沟。

灯光翻出鼎，钗影倒沉瓯。

婢捧消春困，亲尝散暮愁。

吟诗因坐久，月转晚妆楼。

——孙淑《对茶》

茶道即人道，人道即悟道。如杯春茶，虽在掌心萧瑟成条条干缩的枯叶，但依然会在温柔的水心里伸展翠绿晶莹，灵逸飘香。唐代文人刘贞亮在《饮茶十德》中也明确提出："以茶可行道，以茶可雅志。"茶道吸收了儒、释、道三家的思想精华。佛教强调"禅茶一味"，以茶助禅，以茶礼佛，在从茶中体味苦寂的同时，也在茶道中注入佛理禅机。而道家树立了茶道的灵魂，崇尚自然，崇尚朴素，崇尚真的美学理念和重生、贵生、养生。

对茶境的人化，平添了茶人品茶的情趣。如曹松品茶"靠月坐苍山"，郑板桥品茶邀请"一片青山入座"，陆龟蒙品茶"绮席风开照露晴"，李郢品茶"如云正护幽人堑"，齐己品茶"谷雨初晴叫杜鹃"，曹雪芹品茶"金笼鹦鹉唤茶汤"，白居易品茶"野麝林鹤是交游"。在茶人眼里，月有情，山有情，风有情，云有情，大自然的一切都是茶人的好朋友。

正如林清玄所说，朱颜会消失，白发不会放过我们的。且让我们一起饮茶，让我们的心像茶叶初生尚未舒卷那样，那时我们既不为成功、失败挂怀，也不为男女之情忧心，更不为人生的长路惆怅。做人如茶，没有张扬，初接触微苦，回味是淡淡的香。人生如茶，苦涩后留有清香……与茶相伴的人总是很从容。

山月、佳人、飞雨、仙客，在茶诗浪漫的微妙想象中，品味最纯净超然的心灵美学，有三五个志趣相投的友人在一起，不谈政治，只谈风月只谈闲，咬文嚼字，古今中外，三皇五帝，正史野传，信马由缰，不知何处是他乡。

茶是清淡的，于是便有了淡泊明志。淡淡的一杯清茶，袅袅地冒着热气，似云蒸霞蔚，有香气四溢，此情此景，夫复何求！

品一杯香茶静静体味着人生的愉快和满足，继续编织未来的梦想。

一个喜欢喝茶的女人遇上一个喜欢喝咖啡的男人。

茶，淡泊而宁静，适合在山野小筑煮水轻酌。需无纤无尘，无欲无求，无悲无喜，方可以茶熏性。

咖啡，高贵而有内涵，适合一个人静静地品尝。需要氛围的烘焙，情调的炮制，音乐的洗练，情绪的渲染，因而韵味无穷。

喝咖啡的男人说，喝咖啡的人会钟情于自己的品位，不随意更改，喝惯了蓝山的人，他只会选择蓝山，而且一杯就够了，两杯以上都属狂饮。所以对咖啡必定用情至专。茶的第一次因为掺着杂质，往往很快被倒掉，最好最纯正的味道在第二次，添上几次水，味会越来越淡，然后渐渐淡如白水。茶的味道不能长久，所以不敢轻易品茶。

喝茶的女人说，自己喜欢喝茶，难得一品。因为茶质淳朴，生在深山，源自布衣之手，从未沾染尘世的糟粕，第一次的倒掉是为了涤净尘世的浊气，让山水的灵气回归尘土。我向往咖啡的浓郁，爱慕咖啡的芬芳，只恐自己平淡的胸怀承受不起太多的内容，所以喝咖啡只是心里一个永恒的奢侈愿望。每个周末，品咖啡的男人总会与喝茶的女人相遇。他还是喝他的咖啡，她还是品她的茶。当咖啡的味道在空气里蔓延，茶的烟霭在咖啡的味道里缭绕。

他想：品茶是一种什么样的感觉？

她想：咖啡究竟是什么味道？

因此，喝咖啡的人心里想的是茶，品茶的人心里流动的却是咖啡。

佛家认为：人的生存本身就是苦，是在历练人们的意志和肉体；而咖啡本身的特性也恰恰是以苦涩为主调，苦涩中蕴涵着酸、甘、醇、香等辅助旋律。我们走过的岁月，就像一杯经过岁月提炼的咖啡，既有它的苦涩也有它的醇香；人生像一杯咖啡，既有令人难忘的苦味，也有让人回味的甘甜。品咖啡就如品人生，耐人寻味，生活只能慢慢地体会。喧嚣的黄昏，伴着一室缥缈得若有若无的音乐，将倦怠遗落在门外，品着咖啡，隔窗而望，仿如隔着一个透明的世界看人来人往。

苦只是一个过程，溶解它需要的只是时间。闲暇时为自己冲杯咖啡，心中沉静下来，没有一丝一毫的波澜，思绪却延伸得很远，很远。已往的故人旧事如烟如雾渐渐飘远，只有咖啡幽香如故。咖啡就好像人生，即使加入牛奶、方糖，想尽办法进行调配与平衡，却始终带有丝丝苦味，咖啡加深了我们对人生的回忆与思考——苦中有甜，滋味百变。

咖啡成就一段寂寞的爱情、一段爱情的寂寞。一段寂寞的爱情会成就一个女人或一个男人的成熟。"咖啡"和爱情结合起来，便有万千情调。咖啡是生活的兴奋剂、安慰剂和情感调节剂，独特的、温柔的刺激，那是美丽的，更是寂寞的。爱上咖啡，只因为它能给人一个不头痛的理由。寂寞，是开始于爱上他的那个午后。等他，就是一杯咖啡的寂寞。因为寂寞，需要爱；当爱上了，往往会变得更加寂寞。爱上一个不该爱的人，寂寞会如影随形；爱上一个不值得爱的人，不仅仅寂寞，还会孤独。

在和煦的阳光照耀下，坐在自家的落地窗前，整个房间充满了阳光的味道，空气中是飘散出咖啡的甜香，耳边是陈旧的重低音扬声器发出的天籁，还有大理石桌面上那浇着浓巧克力点缀着水果的甜饼，让自己笼罩在迷人的人文气息之下，坐着沉思，喝着咖啡，或从玻璃窗望出去，静静享受这属于自己的咖啡时间。

有没有试过咖啡配茶，静静的夜里，昏黄的灯光，咖啡的浓郁，茶的清香，就像生活一样。浑浊如咖啡，浓郁得让人沉醉；清香如茶，特立而独赏。

"得失只一念，风景不转心境转；烦恼来自偏执，一切也依恋；风吹草动，命途乱了我不乱；交出了平常心，再随缘……"其中滋味，像极了禅茶一味。这时，即使心中有苦，也化作了一江春水，向东流去。

茶是清淡的，而咖啡是浓烈的。有时高兴，有时落寞；有时平静，有时疯狂；在茶与咖啡之间摇摆着，无论怎样选择，都可以找到想要的味道。

"强闯少不免逆流，人柔弱似水却可以载舟，命运会刻意锻炼你的身手。"自在放心里，往事留背后，无为是最高。这其中隐含着无为的道家思想，对于成功与追求，"浮云后，曙光看一看便够"。宁静致远，无所求，自然会有所得。

咖啡是厚重的，喝下去有踏实的感觉；茶是清香的，喝下去有舒畅的感觉。如果你烦躁，那么来杯茶，任思绪被那跳动的绿牵扯，让烦恼随之沉淀，感受一饮而尽的畅快。如果你想思索，那么伴着咖啡吧！人生正如这咖啡，本色的苦带着浓郁的香。

咖啡配茶，享受浓郁的同时，让自己保持一份清醒。

咖啡配茶，沉沦的同时，保留一点自我。

茶与咖啡，代表了生活的两种态度。现在既有咖啡的大行其道，也有茶的稳如泰山。茶的从容淡泊似乎略含了两分消极，而咖啡的浓烈激昂却又多了一丝张扬，当咖啡遇上茶，何时取咖啡的坚定张扬，何时取茶的淡定自若，却又是一种境界！

第二辑

空寂难别离

爱是一滴泪

替人垂泪到天明

我们的生命，在自己的哭声中诞生，在别人的眼泪中结束。一生一世的轮回，谁能不去面对眼泪？

漫漫人生路，眼泪是生命里美丽的浪花，是一道不可逾越的风景。有谁敢说，今生我绝不流泪？又有谁敢说，不去面对别人的眼泪？不管是忧是喜，是哭是笑，都会流泪。这只是真性情的流露罢了。

在你受挫、失意、伤心悲痛的时候，眼泪会带走你心中的郁闷和伤悲，会融化人与人之间的冷漠与冲突，会帮我们找回流失掉的良知，会唤醒昏睡的爱心和真情。在你成功、得意、幸福和欢乐的时候，眼泪会给你芬芳的四季，让你体会成功之前的艰难和曲折，会在你扬起的风帆上吹起一股强劲之风，并鞭策你不进则退。

眼泪对于别人是一种关怀、鼓励、理解、钟爱、友善和分担。对于自己是一种解脱、拯救、宽容、安慰、发泄和倾诉。当你把眼泪给予他人时，会展示你的善良和高尚。当你把眼泪留给自己时，会使自己宁静而完善。

眼泪不是软弱的表现，而是一种涵养、气质和风度。我们要学会面对种种眼泪，同时也要学会读懂眼泪。只要能读懂眼泪，就会读懂生活。其实，眼泪不难懂，只要用你的知识、你的智慧、你的情感、你的真诚和你的心灵去读，就一定会感悟到眼泪的内涵，就会懂得怎样去走自己的人生之路。

> 多情却似总无情，唯觉樽前笑不成。
> 蜡烛有心还惜别，替人垂泪到天明。
>
> ——杜牧《赠别》

在别离诗词中，泪往往有着神奇的效应。它不仅能损伤离人的眼睛，"纤腰减束素，别泪损横波"；沾湿离人的衣裳，"赠言未终竟，流涕忽沾裳"；落满离人的酒杯，"万里相看忘逆旅，三声清泪落离觞"；而且能染红枫叶、霜林，"莫道男儿心如铁，君不见满川红叶，尽是泪人眼中血""晓来谁染霜林醉？总是离人泪"。

而挥泪的方式也极为丰富，有时凭轼而流，"凭轼徒下泪，裁书路已赊"；有时临江而下，"裴回相顾影，泪下汉江流"；有时逢春而洒，"悯悯歧路侧，去去平生亲。一朝事千里，流涕向三春"；有时独自鸣咽，"以我辞乡泪，沾君送别衣"；有时相对而泣，"零落残红倍黯然，双垂别泪越江边"；有时欲挥又拭，"藏啼留送别，拭泪强相参"。

　　泪，并非只为别离而流，感时忧国亦可以使古代作家涕泪纵横，但在别离的场合，泪却总是适时地挥洒而出，以至"挥泪而别"几乎成为一种具有普遍意义的常用语。自然，我们不敢说"有别必泪""有泪必盈"，但可以说，绝大多数别离者都难免泪下沾襟。临别挥泪，恰如临别饮酒、临别折柳一样经常、一样普遍，唯其如此，有理由认为，泪也是别离主题赖以生发的意象之一。

　　显然，泪的介入，往往不仅使别离的氛围变得更加惨淡，也使别离曲的旋律变得更为哀婉。作为内心苦水的结晶，泪的挥洒，说明离人真的已伤心到极点。而古往今来，有多少这样的伤心人！

> 永巷长年怨罗绮，离情终日思风波。
>
> 湘江竹上痕无限，岘首碑前洒几多。
>
> 人去紫台秋入塞，兵残楚帐夜闻歌。
>
> 朝来灞水桥边问，未抵青袍送玉珂。
>
> ——李商隐《泪》

　　传说，眼泪来源于一段凄美的爱情故事。

　　恶魔忍着锥心的疼痛，将头上那一对象征邪恶的犄角拔去，一根根黑亮的羽毛带着血肉被拔了出来。自从偷了天使羽翼的那一刻开始，恶魔就小心翼翼地伪装自己，翅膀上无数的伤痕流着血红的液体，恶魔笨拙地带上天使洁白的羽翼，嘴角微微上扬，脸上渗透着细小的汗珠，她试着展了展翅膀，疼痛让她无法呼吸，她知道自己不能再飞翔。可是，坚毅的表情表达着"我一定要飞到他身边，让他知道我是他的守护天使"。

　　一天之后，在美丽的湖边，男孩抱着中了箭的"天使"，"天使"的眼睛清澈得像一面湖水："我是你的天使，我会永远守护着你，我的灵魂会回到上帝的身边，而我的心，永远陪伴着你。""天使"缓缓闭上了眼睛，眼角流下了最后一滴泪。没有人知道这也是她的第一滴眼泪，恶魔是没有眼泪的。她知道，拔掉犄角，她会失去生命，可是为了心爱的人，她宁愿把自己弄得遍体鳞伤，白色的羽翼在她奋力飞上天空的那一刻，已被血染红，为了不让男孩怀疑，她把箭插进了自己的身体，因为……恶魔爱上了只爱天使的他。

　　女人应该是最懂流泪的，因为眼泪是上帝给予女人的最好的武器。

　　女人的眼泪是表达一切感情的方式，委屈的，高兴的，伤心的，酸涩的，泪中含着酸甜苦辣。

　　说起女人，就想到眼泪；看到眼泪，就想到了女人。会流眼泪的女人，总能得到男人的怜惜。男人以为，女人的眼泪是一种柔情，是一种凄美，是女人娇小自己、男人壮大自己的机会。会流眼泪的女人，总能得到男人的帮助。男人以为，女人的眼泪是一种倾诉，是一种宣泄。再刚烈的男人，一旦遇到女人的眼泪，就会束手无策，墨守归降。

古老的谚语，男人统治世界，女人统治男人。女人不能力拔山兮气盖世，却往往在嫣然的笑容和无声的泪痕中改变了男人的决定、改变了历史。

当年，秦始皇统一天下，国泰民安，风调雨顺。有一天，秦始皇做了一个噩梦，于是征收八十万民工修筑长城。官府到处抓人去当民工，被抓去的人不分白天黑夜地修筑长城，不知累死了多少。

苏州有个书生叫范杞梁，为了逃避官府的追捕，他不得不四处躲藏。有一天，他逃到了孟家花园，无意中遇到了孟姜女。孟姜女是一个聪明美丽的姑娘，她和父母一起把范杞梁藏了起来。两位老人很喜欢范杞梁，就把孟姜女许配给他。

两人成亲，恩爱无比。可是，新婚不到三天，范杞梁就被公差抓去修长城了。孟姜女哭得像个泪人一样，苦苦地等待丈夫归来。半年过去了，范杞梁一点消息也没有。这时已是深秋季节，北风四起，芦花泛白，天气一天比一天冷了。孟姜女想起丈夫远在北方修长城，一定十分寒冷，就亲手缝制了寒衣，起程上路，到长城去寻找范杞梁。

一路上，孟姜女不知经历了多少艰难，吃了多少苦，才来到了长城脚下。谁知修长城的民工告诉她，范杞梁已经死了，尸骨被填进了城墙里。听到这个令人心碎的消息，孟姜女觉得天昏地暗，一下子昏倒在地，醒来后，她伤心地痛哭起来，哭得天愁地惨，日月无光。

不知哭了多久，忽听得天摇地动般的一声巨响，长城崩塌了几十里，露出了数不清的尸骨……

　　流泪是人类情感的宣泄，是人感情的流露。而女人，更是与眼泪结缘。或者伤心，或者生气，或者压抑，或者是其他的原因，很容易地让眼泪流了下来，让人怜惜。女人是一种很奇怪的动物，可以借助自身的所有能动性去表达情感，或许，这也是为何在如此漫长的进化过程中，女人的情感感触远远强于男人的缘故。

　　《诗经》上说，男人陷入恋爱，昏天黑地也是有的，不过一阵子也就过去了。可是女人一旦陷入就不能自拔，即所谓"士之耽兮，犹可脱也；女之耽兮，不可脱也"。诗虽然古老，但沧海桑田的世易时移却没改变人性。于是，一代又一代的女子依然陷在怨情之中。

　　女人因为爱情而流眼泪。女人是天生的爱情动物，女人把爱情当作生命中珍而重之的唯一。有了爱情，会让女人觉得拥有了整个世界；失去爱情，又让女人感到被全世界遗弃。因为在乎，因为重视，所以女人喜欢为情伤神因爱流泪。歌中唱得好：为什么要对你流眼泪，你难道不明白是为了爱？只有那情人的眼泪最珍贵！

　　女人因为脆弱而流泪。莎士比亚说："弱者，你的名字是女人！"女人总是学不来坚强，女人总是容易被伤害得遍体鳞伤。因为女人的心，写满了脆弱，因为她对生活的世界和身边的男人总是寄予着太高的期望甚至是不切实际的幻想。为此，在现实中她经常碰壁，撞得头破血流。女人因为脆弱而流泪，女人的泪水，只是希望更多的安慰和关怀。

然而，不管是什么样的眼泪，只有真实的才是生动的。"角声寒，夜阑珊，怕人寻问，咽泪装欢"，人前强颜欢笑的唐婉，眼泪流在人后，哀怨无奈，苦不能言；"眼空蓄泪泪空垂，暗洒闲抛却为谁"，林黛玉抛珠滚玉偷偷抹泪，独自憔悴；"物是人非事事休，欲语泪先流"，李清照的眼泪是为国事、家事流，沉痛凄厉；"不信比来长下泪，开箱验取石榴裙"，武媚娘撒娇抱怨的眼泪活灵活现，心思细密……

每个人的心中都有一滴且只有一滴眼泪，但你不知道何时流，为谁流，为何流。或者出于伤心，或者出于感动，或者出于幸福。也许因为最爱你的人，也许因为你最爱的人。你一生只能流泪一次，当你流过这颗泪，你就不会再流泪。但你仍然会伤心，仍然会哭。因为你还会有新的烦恼，还会有聚散离合，还会有爱恨情仇。但你所流的不再是眼泪，而是你的鲜血，是你为成长而失去的鲜血。哭的次数多了，也渐渐成熟了。懂得了爱情之苦，懂得了生存之艰，也懂得了伤感之美。但同时，血也枯干了，你也就老了，也会很快地死去。但故事却没有结束。故事因鲜血的灌注而血肉丰满，让后人哭。但后人哭时流的既不是眼泪也不是鲜血，而是时光，他们在时光流逝时倾听，在倾听中哭泣，在哭泣中时光流逝，在时光流逝中死亡。

哭的境界其实很美。在《红楼梦》中，林黛玉，肩荷药锄，手提花篮，于晚春季节，在溪边挖一浅坑，哭葬百花。大家闺秀的气质，清新脱俗的容貌，孤苦无依的身世，娇弱无力的身体，这一切可以让所有男人打心眼里爱极了她，豁出命来去呵护她。黛玉也许是一个神仙，可望而不可即。似乎也是一种姻缘，不想命运如此多作弄，黛玉可概括为"凄美"二字。

其一

眼空蓄泪泪空垂，暗洒闲抛却为谁？

尺幅鲛绡劳解赠，叫人焉得不伤悲！

其二

抛珠滚玉只偷潸，镇日无心镇日闲。

枕上袖边难拂拭，任他点点与斑斑。

其三

彩线难收面上珠，湘江旧迹已模糊。

窗前亦有千竿竹，不识香痕渍也无？

——曹雪芹《题帕三绝》

《题帕三绝句》以"泪"贯穿始终，暗喻黛玉的一生将为宝玉泪尽而逝。"眼空蓄泪泪空垂，暗洒闲抛却为谁？"问得直切。一个"谁"字，直接把她的深情指向宝玉，感情表露得极其大胆，同时"谁"字还包含了不尽的疑问，询问心上人此时此刻能否领会到她的一番情谊，"谁"字还是在询问整个世界，她的一腔心事是否会终成虚话？这一问句，写尽了黛玉此时幸福、伤悲、忧虑交织的心境，给她的爱情抹上了一缕凄美的色彩。

爱情来时，惊心动魄；爱情走时，如随风逝去，仿佛枝头的落叶，悄无声息，从昔日的繁华与灿烂中无奈地坠落，然后"零落成泥碾作尘"。

蓦然回首，猛然发觉，原本认为天长地久的成熟的爱情也会脆弱到不堪一击，在深秋尚未到来之前似乎已过早凋落了。

大概有两种人眼泪最多吧！郁郁不得志的文人，独困闺楼的未婚女子。他们每见月落花残，是最容易流出一些眼泪的。许是感怀身世，许是触景生情，隐约还可见一番赤子情怀。

突然难过起来，心中开始沉重，"非干病酒，不是悲秋"那愁是从何而来，竟如此不着边际又不露痕迹，唯有被它践踏过的心才会看到它那骄傲的背影——终于，泪又征服了自己。

曾经多少竹上泪，身沉玉碎始为谁？流连月下幽魂改，几度飞来伴酒杯，一饮琼汁深情谊，多少梦里与相随。

同样，任谁也无法逃出这一滴泪……

相见时难别亦难

心怯空房不忍归

相见，是现实里的面对。

怀念，是回忆中的相遇。

人生一世，永远不能完美。时间真的可怕，它能腐蚀一切，即使再坚强的心。遗忘也许是不可改变的宿命，就算泪流满面，就算隐隐作痛，我们也应该将彼此遗忘。

一生只为一天守候，是浪漫还是残酷？总觉得牛郎与织女的相会，让人心碎。太久的守望，再见面时，一定泪流满面，却相对无语。"两情若是长久时，又岂在朝朝暮暮"，美丽的句子经久的咏诵，仔细咀嚼，其间又包含了多少的无奈与期盼？自问，究竟有几个人能忍受天河永隔的爱恋呢？也许只是自我安慰罢了。如果有机会能够朝朝暮暮，能够共迎朝霞暮送夕阳，又有谁会放弃？终错过了携手的机缘，在彼此的人生旅途中没有交集。两个相爱的人，被迫只能站在银河两岸，遥望彼此，等待一年中唯一一次相见，忍受着寂寞、孤独和相思的痛苦。

> 牵牛出河西，织女处其东。
> 万古永相望，七夕谁见同。
> 神光意难候，此事终蒙胧。
> 飒然精灵合，何必秋遂通。
> ……
>
> ——杜甫《牵牛织女》

　　爱人相见，应该是最美好的时光；可是，牛郎与织女，隔着一条天河，有太多伤感的情绪，他们的相见意味着又一次长久的离别。"相见时难别亦难，东风无力百花残。"一颗心因为真爱而死守，哪怕受到伤害，也依然愿意紧紧抓牢绝不放弃。可是，任何情事都抵不过时间的摧残，很多年后，终究"心也倦了，泪也干了"，不是不爱了，而是经历了太长久的等待，等到真的见了，却不知道该如何在这短暂的时间里去诉说衷肠。"日日思君，君不见"，再难舍的真情也经不起年复一年的别离。上天勉强赐予短短一日的相逢，这一日真的是充满甜蜜和幸福吗？

　　纤云弄巧，飞星传恨，银汉迢迢暗度。金风玉露一相逢，便胜却人间无数。柔情似水，佳期如梦，忍顾鹊桥归路。两情若是久长时，又岂在朝朝暮暮。

　　　　　　　　　　——秦观《鹊桥仙》

　　好一句"柔情似水，佳期如梦"，让每一个女子对爱情的憧憬达到了唯美的极致。虽然中国的爱情故事多为悲剧，但是人们却一直是充满着对美好的寄托。

　　"两情若是久长时，又岂在朝朝暮暮。"这两句词揭示了爱情的真谛：爱情要经得起长久分离的考验，只要能彼此真诚相爱，即使终年天各一方，也比朝夕相伴的庸俗情趣可贵得多。如果两个人相爱，那么咫尺天涯又算什么，时间又算什么，就算是分离还是幸福的，那是一种幸福的孤单。如果两个人不相爱，那么再近的距离，两颗心也是冰冷相向，燃不起爱的火焰，即使是天天在一起，也是痛苦的，那才是可怕的孤单。

　　也许只有牛郎与织女这样的神仙，才能抵御一次又一次的离别。这样的痛，世上的人是无法抵挡的。也许死，反而是爱的解脱。年复一年，没有感情的相会，又有何意义？倘若不能长相厮守，就放开对方，不要因为漫长的等待，让彼此备受煎熬。倘若，真爱对方，一定会让对方看尽万物美好，而不会牵绊对方。

　　"牵牛出河西，织女处其东。万古永相望，七夕谁见同。"一样的生命，不一样的过程；一样的结束，不一样的终结，只是方式不同罢了。在若干年里，只要我们偶尔惦记彼此，也许，这就是最好的结局了。

　　爱情，是伊甸园中的果实，甜美，却让人失去理智。它诱惑着世间的人们，不断地尝试，又不断地被伤害。它是带刺的玫瑰，美丽，让人忍不住去摘，却又不断让碰它的人受伤害。

董永和七仙女的美丽传说，从古至今代代相传。

董永很小的时候，其母不愿受恶人欺压自尽而死，其父也在董永十二岁时病故。年幼的董永非常孝顺，宁可自己当"磨道驴"，也要给父亲买棺木下葬，奉养继母。

从此，每天天不亮，董永就起身往付村打工，晚上提着饭罐回家照顾继母，时间久了，他在田间走出一条小路。种田人虽爱惜田地，但因为董永在行孝，他们很受感动，就把董永走的小路保留下来。就连小路上的小草也被感动了，早上向东倒，晚上向西倒，不绊董永的脚。董永卖身葬父，自己当"磨道驴"，还早起晚归照料继母的故事越传越远，感动了朝廷，感动了上天，并感动了王母娘娘的一个女儿——七仙女。

七仙女在下凡村的落仙台处下凡后，便在董永回家的路上呼风唤雨，与董永在槐荫寺的一棵大槐树下相遇，七姐说无家可归，要与董永成亲。董永说自己卖身为奴，娶不起媳妇。又说没有证人、信物不敢相攀。七姐说愿意跟他受贫寒，便以槐树为媒，土地为证。董永不信，除非土地爷现身作证、老槐树开口说话。于是老槐树开口说他们是前生姻缘，给他俩当媒人，董永和七姐便在槐树下成亲。

七姐要为董永赎身，付员外百般刁难，让七姐在三日之内织出黄绫百匹，给的却是乱丝。七姐焚香，求助于众姐妹，一夜之间织好了一百匹花团锦簇的黄绫，换得董永的自由，过起了男耕女织的幸福日子。刚够百日，玉帝发现七姐下凡，差天兵天将把她追回天庭。七姐临别时已有身孕，约定一年之

后在他们相逢之地送还他们的孩子。第二年，董永抱回了自己的儿子，无法
圆满的故事终于有个比较圆满的结局。

> 桂魄初生秋露微，轻罗已薄未更衣。
> 银筝夜久殷勤弄，心怯空房不忍归。
>
> ——王维《秋夜曲》

　　每次偶然的擦肩而过，每个无心的回首，也许就是另外一个开始。有几
分好笑，但是生活就是这样变幻莫测。一生，可能就是因为那一天，轻轻抬头，
淡淡微笑……

　　总觉得"缘分"这两个字太过矫情，但是除了这两个字，实在找不出别的
词语来形容人和人之间的相遇、相知与相守。在茫茫人海中相遇了，从陌生到
熟悉，刹那的光辉铸就了一段刻骨柔情。虽然并非总是甜蜜平顺，虽然可能百
感交集。那最熟悉的人或许最后还是会分道扬镳，那昙花一现的交集，终会
如午夜绚丽灿烂的焰火，刹那间的美丽过后，终究回归了夜的黑暗。
　　缘分就是那样不可捉摸，明明感觉它就在你的手里，却又在不经意间悄
悄地从你的指缝间溜走，感觉那么近又是那么远。想必天堂和地狱也非常接
近吧！一不留神就会失去美丽的爱情，从幸福的天堂跌入痛苦的地狱。
　　也许你我的相识，是一场美丽的错误，从一开始就注定了会是悲剧。曾

经相信，缘分的天空会有绚丽的云彩，也曾相信真情的翅膀会化作明月的清影。可是，更多的是雷雨季节的冷酷以及夜半惊梦的惆怅与失落。似乎天地万物，冥冥中早已注定了我们的宿命。夏蝉秋叶，永远是触及不到，你来我去也只是一场错爱罢了。故事的悲欢离合也只是虚幻里的种种，一切都在暗黄色的调子下开始直到结束。像夏日里最后的阳光，温暖得叫人鼻子发酸，无奈得叫人心都碎了；像冬日里最冰凉的空气，稀薄得叫人窒息，寂寞得叫人只剩下冲动。

爱究竟能承受多久的分离？也许两个人每天相守在一起，但是各自的心却离得好远；也许，两个人天各一方，心却始终在一起。

记得朋友曾说过的话：爱人就是情人，那是很幸福的事。很赞同并努力追求的美好，相爱之人结为夫妻，白头偕老终生不渝，是古今多少人的美好愿望，更是多少文字颂扬的美好！

西方的《圣经》也在告诉我们：人要离开父母，与妻子联合，二人成为一体。心灵成为一体，也就是爱的统一。两个人在一起久了，就像左手和右手，即使不再相爱也会选择相守，多年的时光，想要放弃需要足够的勇气。有的人，你看了一辈子却忽视了一辈子；有的人，你看了一眼却影响你一生——这就是人生！

无论怎样的爱都是一份美好，一份结果。而刻在心底的爱，因为无私无欲，因为淡泊忧伤，才会是真正的永恒。

爱原本就为了相聚，为了不再分离；而有一种爱叫作：相见不如怀念。

缘来是你

犹为离人照落花

　　院子里的走廊，是两人曾经谈心的地方；蜿蜒的栏杆，像往常一样，还留有自己抚摸过的痕迹。可是，眼前栏杆依旧，只不见所思的人。他的梦魂绕遍回廊，他失望地徘徊、追忆，直到连自己也无法摆脱这样悲凉的梦境："人面不知何处去，桃花依旧笑春风。"

　　就在关上房门的刹那，瞥见一束月光，于是，探出头搜寻天上的月亮，竟发现清澈如水。晚风轻轻拂过脚面，这样寂静的深夜，思念一个人，心里竟像一壶沸腾的水，直至无奈，冷却了思念的心。

　　月光将它幽冷的清光洒在园子里，地上片片落花，映出惨淡的颜色。花是落了，然而曾经映照在枝上芳菲的明月，依然如此多情地临照着，似乎依稀记得一对爱侣曾在这里海誓山盟。

　　今夜，像往常一样，是一个寻常的夜，一如既往地出门散步，在幽暗的碎石路上，影子相伴。看着不同方向亮着的光束，像是人生的几个侧面，快乐有时，悲伤有时；期盼有时，失落有时；花开有时，花落有时。风轻轻拂过，竟也有树叶飘落，朦胧中，叶子依然是绿色，仿佛在说，飘零不选择时节。

月光、雾气交融在一起，诱人的幽静让我想起姜夔与柳氏姐妹凄婉的爱情故事。

空城晓角，吹入垂杨陌。马上单衣寒恻恻。看尽鹅黄嫩绿，都是江南旧相识。正岑寂，明朝又寒食。强携酒、小桥宅。怕梨花落尽成秋色。燕燕飞来，问春何在，唯有池塘自碧。

——姜夔《淡黄柳》

春柳，秋柳，一样凄凉唯美，一样依依可怜。

姜夔曾在《淡黄柳》小引里这样提道："客居合肥南城赤阑桥之西，巷陌凄凉，与江左异。"而在《送范仲讷往合肥诗三首》之二中又提道："我家曾住赤阑桥，邻里相过不寂寥。君若到时秋已半，西风门巷柳萧萧。"

文中的柳萧萧正是姜夔爱恋的女子之一，赤阑桥正是这段悲壮爱情故事的不朽见证。有一段折子戏，还原了这场爱情故事的主要情节。

姜夔一生落拓，青衫一领，浪迹江湖，终身未得功名。他羁留在合肥的时间最久。当时正处于战乱年间，姜夔却依然气节清高悠然处世，正如戏中唱道："我是孤苦飘零的布衣郎，迷的是浅斟低唱，写的是性情文章，见不得阿谀，入不得官场，做不了纳贿营私的纨绔膏粱。"

客居合肥城南赤阑桥时，姜夔结识了桥畔柳下坊间善操琴筝的艺伎柳氏姐妹，从此陷入情感旋涡不能自拔。不久，柳氏姐姐病故，妹妹柳萧萧与姜夔将爱恋故事继续延续——这为姜夔带来了大量的创作词曲的激情和灵感。

柳萧萧爱梅花，通身气质，犹如冰雪寒梅，遗世独立。像世间所有相爱的人一样，萧萧与姜夔的世界——我的歌里只有你。他是深爱她的，和她在一起的日子，他饱满丰盈，了无缺憾；可惜，太完满的爱情往往会让当事人措手不及，以为命运另有玄机。

几年后，姜夔的夫人得知此事，千里迢迢赶到合肥，寻访了这位令丈夫魂不守舍的风尘女子。想必她是一个聪明的女子，既然爱着同一个男人，又何必为已成定局的事执拗呢？于是，她当即称赞柳萧萧的美貌和才艺："果然冰清玉洁，果然品格超凡，果然技艺精湛，果然才貌双全。"为了留住丈夫，姜夔夫人做出了艰难的决定，主动为丈夫纳柳萧萧为妾。

一世的相守，也只能如此。

可是柳萧萧毕竟是难得一见的奇女子，她心中的情与爱岂能分享？泪水涟涟，心意彷徨，发现痴情竟是梦一场。就在当天夜里，柳萧萧倚在赤阑桥上感慨伤心，纵身跳入水中自尽："赤阑桥啊！你是鹊桥还是断桥？我该举步向何方？自古来妻妾满堂是纲常，琵琶女心中情与爱岂能分享？"

这一天正是柳萧萧的生日，随着这位多情女子的黯然离世，姜夔的浪漫情怀也随即而止。

爱，终必成伤，如同蚌用眼泪包裹伤口，生生不息，最后凝就美丽的珍珠。

旧时月色，算几番照我，梅边吹笛？唤起玉人，不管清寒与攀摘。何逊而今渐老，都忘却春风词笔。但怪得竹外疏花，香冷入瑶席。江国，正寂寂，叹寄与路遥，夜雪初积。翠尊易泣，红萼无言耿相忆。长记曾携手处，千树压、西湖寒碧。又片片、吹尽也，几时见得？

——姜夔《暗香》

萧萧一去，从此姜夔一生，怅对梅花。

"当时相候赤阑桥，今日独寻黄叶路。"如今赤阑桥已不复存在，脑海里再现数百年前这段凄美的爱情故事：一位素衣女子，怀抱琵琶，耳边分明听见哀婉的歌声："红梅淡柳，赤阑桥畔，鸳鸯风急不成眠；琵琶解语，声声魂断，裙带怎系住郎船？"

多年以后，你还记得深爱的那个人，还记得曾经有过的约定吗？你还会继续那个约定吗？

别梦依依到谢家，小廊回合曲阑斜。

多情只有春庭月，犹为离人照落花。

——张泌《寄人》

也许一切都已经时过境迁。

张爱玲有一篇名为《爱》的文章，里面有这样一个有关相逢不如偶遇的故事：一个十五六岁的妙龄女子，在某个春天的晚上，手扶桃花，对面走来一个从未打过招呼的后生，轻轻说一声："噢，你也在这里吗？"彼此再也没有什么话，站了一会儿，各自走开。女子历尽人生劫数，到老仍记得那一瞬间，那春日的夜，那娇艳的桃花，还有那个羞涩的后生。

张爱玲说："于千万人之中遇见你所遇见的人，于千万年之中，时间无涯的荒野里，没有早一步，也没有晚一步，刚巧赶上了，那也没有别的话说，唯有轻轻地问一声：'噢，你也在这里吗？'"

人的一生总会演绎许许多多的故事，不管你担当什么角色，都需要和另外一些人共同演绎。舞台就那么大，辗转之间，难免会再次相遇。抬起头一看："原来是你，原来你也在这里。"仿佛前生相识，仿佛梦里相遇，仿佛有人在暗暗决定，仿佛早已心领神会。

有一首歌也曾这样相似："爱是天时地利的迷信，哦，原来你也在这里。啊，那一个人是不是只存在梦境里，为什么我用尽全身力气，却换来半生回忆，若不是你渴望眼睛，若不是我救赎心情，在千山万水人海相遇，哦，原来你也在这里。"

曾经，痴迷地相信，再走一步，真的只有一步，就能够到达那个地方；而原来"众里寻他千百度，蓦然回首，那人却在灯火阑珊处"。

喜欢悲戚的故事，正如张爱玲说过的，她喜欢苍凉，因为苍凉有一种参差的对照体。"我不喜欢壮烈。我是喜欢悲壮，更喜欢苍凉。壮烈只有力，没有美，似乎缺乏人性。悲壮则如大红大绿的配色，是一种强烈的对照。苍凉之所以有更深长的回味，就因为它像葱绿配桃红，是一种参差的对照。"

唐婉，犹如她的名字，文静灵秀，不善言语却善解人意。在兵荒马乱之中，与年龄相仿的陆游青梅竹马、两小无猜。不谙世事的少男少女，度过了一段纯洁无瑕的美好时光。渐渐地，一种萦绕心肠的情愫在两人心中滋生。

二人均擅长诗词，常常花前月下，吟诗作对。宛如翩跹于花丛中的一对彩蝶，洋溢着幸福的笑颜。在两家父母眼中，他们更是天造地设的一对，于是陆家以一只精美的家传凤钗当作信物。成年后，唐婉便成了陆家的媳妇。

这对有情人整日沉醉在自己的世界中，忘记了尘世的繁杂。什么功名利禄，在爱情面前毫无珍贵可言，你的眼中只有我，我的眼中只有你。那个时候，陆游已荫补登仕郎，进仕为官指日可待。然而新婚燕尔的陆游，根本无暇顾及应试功课，只流连于温柔乡。

陆游的母亲是一位威严专横的女性。她一心盼望儿子金榜题名，以便光耀门庭。目睹眼下的状况，她大为不满，几次以姑姑的身份、以婆婆的立场对唐婉大加训斥，但是"他一双儿女两情坚，休得棒打鸳鸯作话传"，两人仍然情意缠绵，无以复顾。

陆母对儿媳大为反感，认定唐婉煞星转世，会把儿子的前程耽误殆尽。于是她来到郊外无量庵，请尼姑妙因为儿媳卜算命运，一番掐算之后，妙因煞有介事地说："唐婉与陆游八字不合，先是予以误导，终必性命难保。"闻言，陆母魂飞魄散，急匆匆赶回家，叫来陆游，强令他道："速修一纸休书，将唐婉休弃，否则老身与之同尽。"这一句，仿佛晴天霹雳，让陆游不知所以。陆游心中悲如刀绞，但素来孝顺的他，面对态度坚决的母亲，只能暗自饮泣。

迫于母命难违，陆游只得答应把唐婉送归娘家。就这样，一双情意深切的鸳鸯，就被无由的孝道、世俗、虚玄的命运活活拆散。陆游与唐婉难舍难分，不忍就此一去，相聚无缘，于是悄悄另筑别院。无奈纸包不住火，精明的陆母很快察觉此事，严令二人断绝来往，并为陆游另娶王氏女为妻。

二十七岁那年，陆游只身离开故乡，前往临安参加"锁厅试"，世事弄人，厅试失利，陆游回到家乡，心中备感凄凉。在一个繁花竞妍的晌午，陆游漫步沈园。园林深处，迎面走来一位锦衣女子，陆游猛一抬头，竟是阔别数年的前妻唐婉。刹那间，四目相对，仿佛时光都凝固了。恍惚迷茫，不知是梦是真，眼帘中饱含的不知是情、是怨、是思、是怜。

此时的唐婉，已嫁作他人。丈夫不计前嫌，对唐婉宠爱有加，而饱受心灵创伤的唐婉此时已经萌生出新的感情苗芽。与陆游的不期而遇，唐婉尘封的心灵重新打开，旧日的柔情、千般的委屈一下子奔泻出来，这种感觉几乎无力承受。

而陆游，在这一刻，也不由涌出旧日情思。无奈，嫁作他人妇的唐婉，此次只是与夫君相偕游赏沈园的，夫君正在一边等她用餐。好一阵恍惚之后，唐婉提起沉重的脚步，留下深深的一瞥走远了，只留下陆游在花丛中怔怔发呆。

微风袭来，吹醒了沉在旧梦中的陆游，他望着唐婉远去的身影，遥见唐婉与夫君正在池中水榭上用餐。这一似曾相识的场景，让陆游的心都碎了。旧日的一幕，今日的痴怨尽绕心头，于是陆游提笔在粉壁上抒写了一阕《钗头凤·红酥手》：

　　红酥手，黄滕酒，满城春色宫墙柳。东风恶，欢情薄，一杯愁绪，几年离索。错！错！错！

　　春如旧，人空瘦，泪痕红浥鲛绡透。桃花落，闲池阁，山盟虽在，锦书难托。莫！莫！莫！

——陆游《钗头凤·红酥手》

　　第二年春天，抱着一种莫名的憧憬，唐婉再次来到沈园，徘徊在曲径回廊之间，忽然瞥见陆游的题词。反复吟诵，想起往日二人的情景，不由泪流满面，不知不觉中和了一阕词，题在陆游的词后：

　　世情薄，人情恶，雨送黄昏花易落。晓风干，泪痕残，欲笺人事，独语斜阑。难！难！难！

　　人成各，今非昨，病浑长似秋千索。角声寒，夜阑珊，怕人寻问，咽泪装欢，瞒！瞒！瞒！

——唐婉《钗头凤·世情薄》

　　毕竟是极重情义的女子，与陆游的爱情本是完美的结合，无奈世俗风雨毁于一旦。曾经沧海难为水，丈夫的抚慰仍然不能消却她心中的痛楚，内心深处一直都藏有那份刻骨铭心的情缘。

　　自从看到了陆游的题词，唐婉的心就难以平静。追忆似水的往昔，叹惜无奈的世事，最终抑郁成疾，在秋意萧瑟的时节悄然逝去。

　　"长歌当哭，情何以堪！爱已成往事，情永存心怀。"陆游浪迹天涯数十年，企图借此忘却他与唐婉的凄婉往事，然而唐婉的影子始终萦绕心头。追忆脑海中那惊鸿一瞥的一幕，他留下了一组《沈园怀旧》。

　　此后，陆游北上抗金，又转入蜀中任职，几十年的风雨生涯，依然无法排遣他对唐婉的眷恋。六十七岁的时候，陆游重游沈园，看到当年题《钗头凤》的半面破壁，竟泪落沾襟，写下一首诗以记此事，在诗中哀悼唐婉："坏壁醉题尘漠漠，断云幽梦事茫茫。"后陆游七十五岁，住在沈园的附近，"每入城，必登寺眺望，不能胜情"，写下绝句《沈园》："梦断香消四十年，沈园柳老不吹绵，此身行作稽山土，尤吊遗踪一泫然。"在他去世的前一年，陆游还在写诗怀念唐婉："沈家园里花如锦，半是当年识放翁，也信美人终作土，不堪幽梦太匆匆！"

　　这是一种深挚的、窒息的爱情，令人垂泪。而垂泪之余，竟有些嫉妒唐婉了——能在死后数年中仍然不断被人真心悼念，实在是一种幸福！

　　"死生契阔，与子成说；执子之手，与子偕老"这是一首悲哀的诗，然而它的人生态度又是何等的肯定。人们常说："有缘千里来相会，无缘对面不相识。"三世的缘分，前生错过了，今生我们再次相遇……

而缘分又有很多种，有一种叫作彼岸：我站在河岸的这边，你站河岸的对面。两个人瞬间的观望，是一种缘。或许有一天大家都想过河到对岸，于是你从这个桥跑过来，我从那边桥跑过去。最终，还是彼岸的缘。于是应该相视一笑。我们永远隔着一条河，却可以看到彼岸，这也是一种缘。没有任何遗憾。

茫茫人海中两人相遇，相识，相知，或是相亲相爱，这就是一种缘分，缘分真的是可遇而不可求的吗？要知道，很多时候缘分是要自己去把握的，"缘"和"分"不一样，缘是天注定，分是在人为。缘分其实就是这么简单！"悄悄的我走了，正如我悄悄的来，挥一挥衣袖，不带走一片云彩"，世间事不是每段缘都能成真，不是每个美丽的开始都有美丽丰满的结局。这既无道理可言，也无结局可言，所以人生就有了那么多的痛与悲，苦与伤。

回忆永远是惆怅的！愉快的，使人惋惜它的短暂；不愉快的，想起来还是伤心。

寂寞离人

小桥依旧燕飞忙

春雨催生万物，往往也会催生一种情绪。

独上高楼，听着窗外淅淅沥沥的雨声，远眺窗外雾中的青山，感觉时间正悄悄地流逝。雨打青石板，风吹寂寞林，这雨雾笼罩的世界显得更加静谧，就仿佛天上地下、六合八荒唯吾独在。突然，一股寂寞与惆怅没来由地跃上眉头、涌上心头，这天地间就我一个人了吗? 思绪凌乱万千。

"不是因为寂寞而想你，而是因为想你而寂寞。"如果有人非要较真想弄清楚"寂寞"和"想你"究竟孰先孰后的话，结果只怕是和究竟"先有蛋还是先有鸡"的争论一样，不了了之了。姑且不论它们的先后，当你想到远方的亲人、情人和朋友时，那时的你是寂寞的; 当你寂寞时，你又会在不经意间想到远方的亲人、情人和朋友。不能确定究竟谁先谁后，但可以确定的是: 无论谁先谁后，寂寞都是和思念血脉相连的。

人言"文以载道，歌以咏志，诗以传情"，诗词文章之中无不情意绵绵，

思念与寂寞并存 —— 因思念而寂寞，因寂寞而思念。在唐诗中，描写思念与寂寞的诗句信手拈来，"庶情沿物应，哀弱羽之飘零；道寄人知，悯余声之寂寞"，"寥落古行宫，宫花寂寞红"比比皆是。

　　杜甫一生颠沛流离，生于盛世死于衰微，只有在避居成都时才算过了一段安稳日子。公元 755 年安史之乱爆发，潼关很快被攻破，杜甫把自己的家小安置在了鄜州，独自从河南出发去关中投奔肃宗，但事与愿违，杜甫却被叛军所俘，送往长安。在羁縻长安的日子里，杜甫望月思乡不禁写下了《月夜》：

　　　　今夜鄜州月，闺中只独看。

　　　　遥怜小儿女，未解忆长安。

　　　　香雾云鬟湿，清辉玉臂寒。

　　　　何时倚虚幌，双照泪痕干。

　　　　　　　　　　　　　　——杜甫《月夜》

寂寞思亲之情跃然纸上。

　　明明是自己对远在鄜州亲人的思念，却不直接道出，而是从妻子的角度，设想妻子和儿女在鄜州也同样对月思念着自己。妻子正在鄜州对月思夫，而孩子们却不能理解母亲对月怀人的心事。在月下长时间地伫立思人，露水沾湿了妻子的头发，月亮的清辉映得妻子玉臂生寒。因思念而动情的妻子泪眼迷蒙，她在想：我们何时才能团聚呢？杜甫也不禁流下了思念的泪水。可以想象，在乱离的岁月里，妻子在河南鄜州，丈夫在关中长安，天涯共一轮明月，因寂寞而思念，因思念而寂寞，最终泪满衣襟。这是怎样的深情厚谊，又是怎样的真挚动人……

杜甫是幸运的，不久他就乘隙逃离了长安，回到了鄜州，与家人团聚了。为了逃避追捕，杜甫举家离开了当时作为"敌占区"的鄜州，迁移到了当时还是后方的秦州，在那里度过了一段短暂而安宁的时光。也许诗人是不喜欢安定的，在他们看来安定就意味着寂寞。

在秦州的那段日子里，他把自己的友人都怀念了一遍，李白、高适、岑参、贾至、严武、郑虔、毕曜、薛据及张彪……尤其是他对被贬夜郎的李白的怀念。他情不自禁地问道："凉风起天末，君子意如何？鸿雁几时到？"在问候的同时他又不禁想起"魑魅喜人过"，而担心李白的安危。其实当时的李白已经遇赦，正邀游于洞庭的湖光山色之间。

安定只是片刻的，当叛军处理了内乱，再一次进攻时，秦州不再是后方，而变成了前线，杜甫的安定生活结束了。他再一次拖家带口，开始漂泊。他经木皮岭、白沙渡、飞仙阁、石柜阁、桔柏渡、剑门、鹿头山逃向蜀中，终于在这一年的十二月到达了成都。在成都，他度过了十年的安定时光。在这十年中，他定居于浣花溪畔，建草堂以居之，过着陶渊明式的"采菊东篱下，悠然见南山"的生活，可以说这是他一生中最快乐的时光。

寂寞使人愁，思念催人老，寂寞是无边的，思念是无穷的。生活在悠闲之中，寂寞思人的杜甫，偶然听到了李白病重的消息，一切的矛盾与寂寞都被他弃之不顾，只剩下对友人的思念之情。杜甫奋笔疾书，给李白写了一封信，向远在安徽的李白表达关心和慰问，这就是流传千古的《寄李白二十韵》。

昔年有狂客，号尔谪仙人。

笔落惊风雨，诗成泣鬼神。

声名从此大，汩没一朝伸。

文彩承殊渥，流传必绝伦。

龙舟移棹晚，兽锦夺袍新。

白日来深殿，青云满后尘。

乞归优诏许，遇我宿心亲。

未负幽栖志，兼全宠辱身。

剧谈怜野逸，嗜酒见天真。

醉舞梁园夜，行歌泗水春。

才高心不展，道屈善无邻。

处士祢衡俊，诸生原宪贫。

稻粱求未足，薏苡谤何频。

五岭炎蒸地，三危放逐臣。

几年遭鵩鸟，独泣向麒麟。

苏武先还汉，黄公岂事秦。

楚筵辞醴日，梁狱上书辰。

已用当时法，谁将此义陈。

老吟秋月下，病起暮江滨。

莫怪恩波隔，乘槎与问津。

——杜甫《寄李白二十韵》

  这封信是否寄出去，李白是否接到并看过这封信，不得而知，也许信还没有送到，李白就过世了，但是杜甫一定没有收到回信。于是他又因"近无李白消息"，而作《不见》。即使在李白死后，他还作了《昔游》《遣怀》缅怀李白。这是何等的深情厚谊，也许只有像杜甫这样和李白具有同等才情的人，才能相知如此之深，才能称之为李白的知己，也才能写下这样的思念。这首《寄李白二十韵》将一位才华横溢、放荡不羁的李白活灵活现地展现给了人们，几乎可以说是李白一生的写照。

  思念友人、亲人是寂寞的，"微斯人吾谁与归"也是寂寞的。"学成文武艺，货与帝王家"是文人墨客们的梦想，"达则兼济天下，穷则独善其身"更是读书人的做人准则，世世代代的读书人以此为发奋读书的动力。"十年寒窗无人问，一朝成名天下知"的幸运儿在读书人中只是一小部分，他们"春风得意马蹄疾，一日看尽长安花"，得意之情溢于言表。但是大多数的读书人，只能独善其身，落得个"才高心不展，道屈善无邻"的郁郁而终的下场。

在唐朝仅以官职而论，能够兼济天下的唯有白居易而已，但他仕途艰辛，被贬江州时自称"天涯沦落人"。不得志的白居易只能"不复愕愕直言"，"世事从今口不言"，最终"且贵身安妥"和"蓄妓、耽酒、信佛"为乐了。

李白的一生正如《赠李白二十韵》所写的那样悲喜交加。满腔报国热情无处发泄的李白是寂寞的，但他有杜甫这样一个同病相怜的知己，他又是不寂寞的。

在到长安之前，李白在文学界也算小有名气了。为了能够兼济天下，把所学"货与帝王家"，他于开元二十三年（公元735年）西游长安，趁玄宗狩猎时献上《大猎赋》，希望以此博得玄宗的赏识。他的《大猎赋》希望以"大道匡君，示物周博""圣朝园池遐荒，殚穷六合"，夸耀本朝远胜汉朝。在序言中，李白以《羽猎》于灵台之囿，围经百里而开殿门。当时以为穷壮极丽，迨今观之，何龌龊之甚也！"来鄙薄武帝之行猎，却又以"但王者以四海为家，万姓为子，则天下之山林禽兽，岂与众庶异之？"来为玄宗辩护，在结尾处更是大力宣讲道教的玄机，以契合玄宗当时崇尚道教的心情。

处处的迎合、奉承并没有使李白得到他所希望的一鸣惊人，他只能继续在长安边游览边寻求机会。

李白蜗居于终南山脚下，常登临终南山远眺。当他登上终南山的北峰时，眼前呈现出繁华的长安、千里的沃野，举目都是泱泱大国的风貌。他深深地为自己生于这样的盛世而感自豪和不凡。可一想到这样一个兴旺发达的帝国，自己却不能为其所用，他的轩昂情绪又受到打击。

李白此次的长安之行并非一无所得，在长安他遇上了他的伯乐贺知章，这对李白一生的影响是不可估量的。贺知章的提携使他名满天下，他的"谪仙"之名也出自这次"金龟换酒"的碰面。

从此李白名声大噪，号为"诗仙"。

在长安时，李白除了供奉翰林、陪侍君王之外，也经常在长安市上行走。他发现国家在繁荣的景象中，正隐藏着深重的危机。这危机的来源便是最能够接近皇帝的专横宦官和骄纵外戚。他们如乌云一般笼罩着长安，笼罩着大唐，给李白以强烈的压抑感。宦官和外戚的受宠，使李白"大济苍生"的热情骤然冷了下来。李白渐渐明白过来，在皇帝的眼里自己只是个花瓶，装饰太平的花瓶，花瓶虽然光鲜亮丽，引人羡慕，但自己只怕永远也不会有机会施展自己才能，抒发报国之志了。

朝政的腐败，同僚的诋毁，使李白不胜感慨，他写了《翰林读书言怀呈集贤诸学士》表示有意归山。

> 晨趋紫禁中，夕待金门诏。
>
> 观书散遗帙，探古穷至妙。
>
> 片言苟会心，掩卷忽而笑。

青蝇易相点，白雪难同调。

本是疏散人，屡贻褊促诮。

云天属清朗，林壑忆游眺。

或时清风来，闲倚栏下啸。

严光桐庐溪，谢客临海峤。

功成谢人间，从此一投钓。

——李白《翰林读书言怀呈集贤诸学士》

谁料就在此时，倒被赐金放还，这似乎令李白感到非常意外。这次的归山，实在是体面一点的放逐。

两次的长安生活可以说是李白离梦想最近的时候。以后，虽有些机会，他也曾"仰天大笑出门去，我辈岂是蓬蒿人"，但离自己的梦是越来越远了。为了追寻梦想，兼济天下，他甚至参加了永王与肃宗的争位斗争，随着永王的失败，李白被贬夜郎，失去了最后一个机会。穷困潦倒，客死当途。这正合了杜甫的："才高心不展，道屈善无邻……老吟秋月下，病起暮江滨。"

杜甫的境遇也不是很好，李白任过翰林，离帝国的权力中心如此之近，而杜甫一生都只是斗食小官。但杜甫"位卑未敢忘忧国"，即使在逃难之中，也不忘报国，尽管这只是空想，不可能实现。

"出师未捷身先死，长使英雄泪满襟"，在成都悠闲生活的杜甫对诸葛亮这位蜀中名臣产生了由衷的钦佩。刘备三顾茅庐,请诸葛亮出山助其匡扶汉室,诸葛亮为他的诚心打动,始终不渝地为匡扶汉室而奋斗。他为刘备制定了统一天下的方针、策略,辅佐刘备振兴汉室,建立了蜀汉政权,形成了与曹魏、孙吴三足鼎立的局面。刘备去世后,诸葛亮又辅佐他的儿子刘禅,六出祁山北伐中原,第六次北伐时因身心交瘁,积劳成疾,最后死于军中,实现了他"鞠躬尽瘁,死而后已"的铿锵誓言。杜甫曾多次去武侯祠缅怀这位智者,恨不得自己像诸葛武侯一样驱逐叛军,恢复社会的安宁。

但现实的"东来万里客,乱定几年归"却又无能为力,令杜甫苦恼不已。一日"剑外忽传收蓟北",杜甫禁不住"初闻涕泪满衣裳,却看妻子愁何在,漫卷诗书喜欲狂",然而熬过了乱世还是乱世,在乱世中,杜甫郁郁地离开了这个世界。

杜甫壮志未酬是寂寞的,那些戍守边关的勇士们,默默地把自己的壮志变成现实,他们也是寂寞的。在那"西出阳关无故人"的塞外,在那"胡天八月即飞雪"的天山,他们默默地为国守边,没有一丝怨言。他们虽然会"故园东望路漫漫,双袖龙钟泪不干",也会"不知何处吹芦管,一夜征人尽望乡";他们还知道"古来征战几人回",但他们"宁为百夫长",立下了"不破楼兰终不还"的誓言。以自己的寂寞换来别人的安宁,这样的寂寞是伟大的。

如果说寂寞是有味道的,思人的寂寞是甜蜜的;"微斯人吾谁与归"的寂寞是高尚的,但又是苦涩的;为了别人不寂寞的寂寞是伟大的。

其实,你的寂寞是什么味道,也只有自己才知道。

与君别

西出阳关无故人

离别之伤，绝非一种滥情；离别之文，也绝非附庸风雅。

千里黄云白日曛，北风吹雁雪纷纷。
莫愁前路无知己，天下谁人不识君！

——高适《别董大》

他们的身影渐渐变得遥远，而且模糊，在视野的前方一个个影子若隐若现，若有若无。而自己，注定一个人的世界，只能默默地注视着别人离别。注视着别人眼泪滑落却无能为力，此刻的眼泪只是感情的瞬间发泄，然后干涸，消融在空中。似乎真的到了该说再见的时候了，向这段充满欢笑，充满浪漫，充满豪情壮志，也充满酸涩与淡淡忧郁的时代。

"那一天知道你要走，我们一句话也没有说，当午夜的钟声敲痛离别的心门，却打不开我深深的沉默；那一天送你送到最后，我们一句话也没有留，当拥挤的月台挤痛送别的人们……"

想要用更多的语言把它一一描述出来，可是当提笔之时，却发现过往的一幕幕不停闪现……忘记了曾经流泪的感觉，只是在记忆中翻来覆去，迷失了方向。

不能抗拒命运，那么就跟从命运，即便一边跟从一边叹息。不能避免现实中的离别，那么就将彼此珍藏在心中。也许，在某一个傍晚，夕阳西下，也能伫立窗前，沉思往事，把彼此记起。

离别的空气都是感伤的，我们要对我们的青春回忆作一个告别，将一切的记忆，深深地烙在心灵的最深处。语言随之尘封，激情随之淹没。这些年一起的成长让我们经历了很多，快乐、成功、悲伤、失败……曾经快乐张扬，年少轻狂，如今每个人的脸上都有了时间所给予的不同的痕迹。要分开了，大家却都没有那么轻松，只因所谓的结局并没有我们期待的那份完美。

谁识京华倦客，塞外绝尘看月，月明星稀处，处处非家处处家。这是流浪者的悲哀，也是流浪者的骄傲。漂泊不定的人开始往另外一个方向流浪，陌生的人，陌生的地方，陌生的环境，整个世界忽然变得陌生。流浪的天性如江水一样奔流，在大地上肆意折腾，折腾自己的耐心、精力和好奇。不是归人，只是个过客，那哒哒的马蹄是个美丽的错误。

那一刻，不觉想起了"执手相看泪眼，竟无语凝噎"的苦涩与无奈，想起了"若见了那异乡花草，再休似此处栖迟"的语重心长，关于离别和相逢的种种诗句，想起了每次离别时心中各不相同的滋味，当我们面对这样的离别，还能说什么呢？我们又能期待什么呢？尽管简单，但已经接近完美。

时间可以证明一切，时间可以改变一切，时间可以解释一切，时间可以成就一切。

眼前的真实打破了我的想象，因为离别，于是拥抱。因为动情，所以感动其中。一个美丽的女孩，一个自然的拥抱，纯洁地表达着自己的心声。告诉自己，眼前人可能会终生不见。心中沉淀下来的只有感动和那一刻真实存在的平静。这却不是想要的感觉，好像有些突兀，一时间心中充满虚幻，一时间忘记了在这个时刻如何表现。淡淡的伤感在我的周围飘荡，像邂逅了一个丁香般的姑娘，不论舍得不舍得，厚重的暗色把气氛转向了悲凉。

夏日的蝉鸣伴随着热辣辣的太阳光一起来到我们的身边。赶走了春天的绵绵细雨，也赶走了快乐的时光，迎来的只是分离前的泪水，一滴一滴地穿透你我的心扉……似乎都感觉到了分离前的伤悲，所以彼此都小心翼翼地保护着共同的友谊。

离别之后，却不知用什么样的心情期待下一次的相逢。离别时的信誓旦旦，我们都明白它如雾中花、水中月一般咫尺天涯，只能用一句苍白祝福望彼此一路走好！

多么希望时间就此停靠在岸边，多么希望时间不再前进，多么希望时间可以倒流。让我们再一次珍惜美好的友情，让我们一起分享这份默契的沉默，让我们再一次感受昔日的欢声笑语，让我们彼此把回忆埋藏在心底，让这份友谊化作历史的缩影……往日历历在目，泪水又一次情不自禁地落下……

在泪水滑落的瞬间，突然发现我们是那么脆弱，经不起一丝风吹雨打。

> 渭城朝雨浥轻尘，客舍青青柳色新。
> 劝君更尽一杯酒，西出阳关无故人。
>
> ——王维《渭城曲》

酒不醉人人自醉。当酒的含量超过人脑的控制时，嘴里表达的东西可能就是发自肺腑的，也就是来自心中的。于是一腔的不平和、平时的敢怒不敢言在此时此刻成了彻底的宣泄，如入无人之境，天马行空。在人前倾诉自己压抑已久的感情，也是一种幸福。面对离别，我们不能不动容，于是我们一次次将往事重提。

别人把心事借着离别的气氛和清凉的水酒传递的时候，总有一种流动的情感穿透心灵，融进这个哀伤的时刻。往事中的吵闹、打骂被匆匆时光过滤成美好，彼此暂时抛弃了一切恩怨，直到清醒。在这一刻学会了倾听，听着别人的故事，看着别人的流泪，心弦仿佛被拨动，轻轻奏出悲伤，这是一种尊重。

丝绸之路，那荒烟蔓草的尽头是曾经雄极一时、如今却是一片废墟的波斯帝国。往日的荣华已经消逝在历史的风中，来不及与往事干杯，我们已经开始离别，离别是今日的主题。那水边悠扬清越的笛声穿越着时空，将我们的心情割得支离破碎。

离别，是诗词吟诵的永恒主题。古往今来，多少名句，因悲秋而吟，由离别而生。悲秋、寒夜、冷雨、残月、离泪、伤情。一曲《雨霖铃》，绘尽秋之凄凉，诉尽惜别之苦，情景交融，凄婉至深；离愁别绪，催人泪下。一曲《雨霖铃》，情真意切，淋漓尽致；脍炙人口，经久不衰。感动了多少人的眼泪，占据了多少人的心扉。

> 心心复心心，结爱务在深。
>
> 一度欲离别，千回结衣襟。
>
> ——孟郊《结爱》

那是一段久远的感情。已经泛黄。她只是在分开的时光里，会不期然地想起那个曾令她心动的恋人。只是偶然地想起，并非一直的想念。

即使结束了，离别了，但那一份感情留在了心里。无意中经过两个人过去常常散步的那一条小巷，仿佛曾经的他又回到了身边。时光，是一双温柔的手，轻轻地抚摸过那些往事的碎片。曾经尖锐的棱角，也就跟着变得浑圆而模糊。而想念，是一种长久而缓慢的状态。因为，所想念的那个人，和时光交织着，时时刻刻伴随在心里，是想忘掉，却终究不知如何放手的一份眷顾，一份纠缠。

他一直都在找各种理由和方式去忘却。选择一次远行，以为可以把爱情留在异地，以为终于可以忘掉。停下来的时候，他又回来了。无论走多远，他的身影总在我身边徘徊，始终走不出想念的囹圄。

想念着，是因为还爱着，也无法遥望结束的终点。仿佛一场绝望的放逐，随时光一起苍老。

或许，也会有那么一天，不经意间，忽然发觉，想念已经变成了一种偶然。如一只迷失的蝶，断了翅，偶然跌落在掌心。意外而甜美。不再疼痛。

从担心到害怕，从从容到紧张，再到现在的离别在即，一切都是那么的突然，却也在意料之内，只是不想把结果预测得太高。无数次在脑海里描绘离别的场景，无数次在心底呼唤爱人的名字，无数次希望这一切都别太快，可是成长的过程就是这么残酷，除了面对，除了坚强地接受，还能为这一切做什么呢？那心底的缅怀，那依依不舍的情思，那万分无奈的忧虑，那对未来一切的担心。然而这一切只能有一种回应，就是义无反顾地接受。

我们如海鸥与波涛相遇似的，遇见了，走近了。海鸥飞去，波涛滚滚地流开，我们也分别了。离别的钟声已经敲响，多少朋友微笑着告别了，就再难相聚，多少值得珍惜的记忆渐渐化作文字留在信件里，留在永恒的岁月里。让我们挥手而去，在那无限的世间漫游，并寄去每一份关心，前途漫漫，各自珍重。站在离别的渡口，让我们再一次紧紧相握，年轻从此停顿，热情在心中奔涌，渡口旁再找不到一朵可以相送的花，就让眼睛静静地说话，把祝福别在你的衣襟上，伴着你闯荡天涯……

青春散场，我们等待下一场开幕。等待我们在前面的旅途里，迎着阳光，勇敢地飞向心里的梦想；等待我们在前面的故事里，就着星光，回忆生命中最美好的时光，盛开过的花……

离别是一种痛，离别是一种恨，可有时，离别是一种解脱，是一种心情的放松！它毕竟是一种冬日荒野独步人生的无奈。但有时，离别是一种期待，是一种祝福，是一份永远的友情！

第三辑

人闲桂花落

桃花结

桃花依旧笑春风

"桃花开，开得春花也笑，笑影飘，飘送幸福乐谣……"每次听到电视剧《射雕英雄传》中的这首《桃花开》时，都会想起那个傻乎乎的靖哥哥与机灵古怪的蓉儿沉浸在幸福之中的呆样子，还会想到那片令江湖人士望而却步、闻风丧胆的桃花阵。

想来也怪，栽在土里的桃树竟然能根据自己周围的情况随意变换位置，恐怕这种神奇的桃树只会在金庸老先生的头脑里出现了。

桃花以文字的形式最早出现在《诗经》中："桃之夭夭，灼灼其华。之子于归，宜其室家。"作此句者借灼灼其华的桃花，寄托对流浪在外的夫君的思念，读后则有一种彻骨的凄凉。

在我国古代，被人誉为爱情的并不是玫瑰。反倒是桃花，与爱情、暧昧、情意有着密切的联系。桃花中有一种人面桃，又名美人桃，即千瓣桃花。外层花瓣粉红色，内层花瓣越向中心越红，仿佛美人娇羞深藏不露。关于人面桃还有一个美丽的故事。

崔护是唐德宗贞元年间（公元 785 — 804 年）的进士，曾任岭南节度使。他年轻时，到长安应进士试没有考中，就在当地找了一个旅舍刻苦读书，准备下一次再考。清明节这天，人们纷纷到野外踏青，崔护也趁此休息一下，独自一人信步来到长安南郊，观赏春天景色。这样东逛西游，时间久了，崔护感到口渴难受。正好前面有个村子，一家小小的庄院就在不远处。他走近看时，院内花木茂盛，静悄悄的不见人影。

崔护在门前敲了好一会儿，方才有个姑娘从屋里出来，在院门缝隙里偷偷看着他，细声细气地问："谁呀？"崔护忙说："我叫崔护，是到长安来应试的士人，今天独个儿出来踏青寻春，路走得多了，非常口渴，求姑娘给一杯水喝。"那姑娘也不答话，回身从屋里拿一杯水出来放在石桌上，开了院门让崔护进内，又从屋里搬出一把椅子，请崔护坐着喝水。

然后，这姑娘退到一棵盛开的桃树旁，把身子微微斜靠着，脸上现出腼腆的神色，目不转睛地注视着魁梧英俊的崔护。崔护看到姑娘秀丽的容貌，在红彤彤的桃花映衬下，显得格外美艳，不觉产生了爱慕之情，便跟她攀谈起来。可她却一句话也不答，只是含着微笑，看了他好久。

崔护见天色将晚，就向姑娘道谢，告辞要回去。姑娘把崔护送到门口，脉脉含情，几次想要开口，终于没有说，突然转身急匆匆进屋去了。

崔护也频频回头张望，不胜依恋地离开了。此后，崔护心中总是忘不了这位姑娘，但为了下一次能榜上有名，只好专心攻读，再也没有去她家的小院。

时光如梭，第二年清明节又到了。崔护蓦然想起了姑娘。这时，长期潜伏在心底的感情再也抑制不了了，崔护立刻到南郊去找她。寻到那里，只见小院门墙依旧，门上却扣着一把铜锁。崔护非常失望，就在姑娘家的院门上写了一首诗：

> 去年今日此门中，人面桃花相映红。
>
> 人面不知何处去，桃花依旧笑春风。
>
> ——崔护《题都城南庄》

他写完了，后面又具上姓名，这才怅怅而归。

几天后，崔护又去看望姑娘。他来到门前，听得屋里传出哭声，连忙敲门。有个老人出来，问道："你就是题诗的崔护吗？你可把我女儿害死了！"

原来，姑娘在崔护走后，也非常思念他，前几天与父亲走亲戚回家，看到门上的诗写得情真意切，心里更是难受，不禁生了病，突然昏死过去。

崔护听了，赶紧进屋扶起姑娘的头喊道："崔护在这里！崔护在这里！"

昏过去的姑娘终于苏醒了，崔护悲喜交集。老人见女儿和崔护这样相爱，便让他们结成了夫妻。

晋朝诗人陶渊明，曾经在"采菊东篱下"时，幻想出了那一片脱离尘世喧嚣的世外桃源，之后，桃花便成了后人梦里仙境中不可或缺的点缀，成了文人墨客抒发春意的绝妙辞藻。

"桃花流水窅然去，别有天地非人间"，"山泉散漫绕阶流，万树桃花映小楼"，"雨歇杨林东渡头，永和三日荡轻舟，故人家在桃花岸，直到门前溪水流"。读了这些脍炙人口的诗句，就仿佛置身于一片掩映在桃花丛中的江南春色之中。"桃红复含宿雨，柳绿更带朝烟"，王维的诗句将桃红柳绿、烟雨江南的春色渲染到了极致，而张旭的"桃花尽日随流水，洞在清溪何处边"更引起人们对梦幻中世外桃源追寻的无限遐想。

我国 20 世纪 80 年代最著名、最具实力的男高音歌唱家蒋大为，所演唱的那曲"在那桃花盛开的地方……"则把家乡的春色和美丽的桃花联系在了一起。

早春三月，桃花盛开，花儿不像牡丹那样国色天香，富贵气逼人，也不像兰花那样幽静素淡，过于洁净。是桃花装扮了春色，还是春色映衬了桃花？人们无须回答，其实桃花早就融入了春天之中，桃花和春色已经成了不可分割的和谐统一。桃花是大自然的精心之作，没有桃花的春天必将黯然失色。

我国有许多桃花胜地。像杭州西湖栖霞岭，就因为岭上桃花烂漫、色如云霞而得名"栖霞"。西湖包家山上，桃林密布，花开时如火如荼，云蒸霞蔚，所以宋人曾题匾"蒸霞"。又据《花史》记载，古田县黄檗山上遍植桃花。有桃坞、桃湖、桃洲，春天到来之时，夭桃夹岸，山花烂漫，真真一个桃源世界。此外，五台山的桃源洞，华盖山的桃花圃，黄山的桃花峰，苏州的桃花坞，都是古代的桃花胜境。

千叶桃花胜百花，孤荣春晚驻年华。

若教避俗秦人见，知向河源旧侣夸。

——杨凭《千叶桃花》

而在《红楼梦》中，也有一个桃花圣地。为何说是桃花"圣地"呢？

"一年三百六十日，风刀霜剑严相逼。""侬今葬花人笑痴，他年葬侬知是谁？"这是《红楼梦》中林黛玉最经典的一首诗《葬花吟》中的几句。"两弯似蹙非蹙罥烟眉，一双似喜非喜含情目"，这样一位多愁善感的女人将自己比作桃花，而且还是散落在地的桃花，可见其内心的痛苦、命运的悲凉。当她写这句的时候，或许已经预知了自己的命运，知道自己不会幸福地死在宝玉的怀里，甚至见不到他的最后一面。

花谢花飞花满天，红消香断有谁怜？

游丝软系飘春榭，落絮轻沾扑绣帘。

闺中女儿惜春暮，愁绪满怀无释处。

手把花锄出绣帘，忍踏落花来复去。

柳丝榆荚自芳菲，不管桃飘与李飞。

桃李明年能再发，明年闺中知有谁？

三月香巢已垒成，梁间燕子太无情。

明年香发虽可啄，却不道人去梁空巢已倾。

一年三百六十日，风刀霜剑严相逼。

明媚鲜妍能几时，一朝漂泊难寻觅。

花开易见落难寻，阶前闷杀葬花人。

独把花锄泪暗洒，洒上空枝见血痕。

杜鹃无语正黄昏，荷锄归去掩重门。

青灯照壁人初睡，冷雨敲窗被未温。

怪奴底事倍伤神，半为怜春半恼春。

怜春忽至恼忽去，至又无言去不闻。

昨宵庭外悲歌发，知是花魂与鸟魂？

花魂鸟魂总难留，鸟自无言花自羞。

愿奴胁下生双翼，随花飞到天尽头。

天尽头，何处有香丘？

未若锦囊收艳骨，一抔净土掩风流。

质本洁来还洁去，强于污淖陷渠沟。

尔今死去侬收葬，未卜侬身何日亡？

奴今葬花人笑痴，他年葬奴知是谁？

试看春残花渐落，便是红颜老死时。

一朝春尽红颜老，花落人亡两不知。

——《葬花吟》

　　林黛玉将落花拾起，放到布袋里，然后埋掉。从这首诗中我们不难看出，黛玉落泪葬掉的不仅是那些残花，还有自己的命运。她似乎对生活不抱有什么希望，却又在一些事情上不甘心放弃，比如那个"看到姐姐就忘了妹妹的"宝玉。寄人篱下的生活让她有一种得过且过的想法，不然又能怎么样呢?

黛玉感叹身世遭遇的全部哀音都表现在这首诗里了,但她并非一味地哀伤凄恻,其中仍然有着一种抑塞不平之气。"柳丝榆荚自芳菲,不管桃飘与李飞",就寄有对世态炎凉、人情冷暖的愤懑;"一年三百六十日,风刀霜剑严相逼",岂不是对长期迫害着她的冷酷无情现实的控诉?"愿奴胁下生双翼,随花飞到天尽头。天尽头,何处有香丘?未若锦囊收艳骨,一抔净土掩风流。质本洁来还洁去,强于污淖陷渠沟",则是在幻想自由幸福不可得时,所表现出来的那种不愿受辱被污、不甘低头屈服的孤傲不阿的性格。这些,也正是它的思想价值之所在。

所以有人将她所有葬花的地方都称作桃花的圣地。

女子自然会感时花溅泪,而江南那位天资聪慧、仪表堂堂、琴棋精通、诗画双绝、位居江南四大才子之首的唐伯虎却借桃花一展才华,并对自己心爱的女子抒发爱意。

"别人笑我太疯癫,我笑他人看不穿;不见五陵豪杰墓,无花无酒锄作田。"读到这几句诗时,是不是想到了那个搞怪、爆笑的香港艺人周星驰了?当他半悬在空中为心爱的秋香姐吟这两句诗时,秋香顿时被唐伯虎的潇洒、才学迷住了。

桃花坞里桃花庵,桃花庵里桃花仙。

桃花仙人种桃树，又摘桃花换酒钱。

酒醒只在花前坐，酒醉还来花下眠。

半醒半醉日复日，花落花开年复年。

但愿老死花酒间，不愿鞠躬车马前。

车尘马足富者趣，酒盏花枝贫贱缘。

若将富贵比贫者，一在平地一在天。

若将花酒比车马，他得驱驰我得闲。

别人笑我太疯癫，我笑他人看不穿。

不见五陵豪杰墓，无花无酒锄作田。

——唐寅《桃花庵歌》

虽然桃花最早出现在《诗经》中，但它命运不济，在花界资格很老地位却不升反降，乃至竟沦落为色情象征，此系花中之又一不平事。

作为这种不平的补偿，桃花得到大名人诗仙李白为知音。

李白身为名所累，诗亦为名累，他的名气往往成为我们理解其人其诗的障碍。其实李白年轻时也算是个豪杰，"性倜傥，喜纵横术，击剑，为任侠，尝手刃数人。轻财重施，不事产业"的人。偏他又自幼诵读儒家经籍，对此一性情中人当是形成精神约束。性情与约束，使得李白自己也难把握住自己的情绪。有趣的是，他的情绪，在他对桃李和松柏的态度变化上表现得非常明显。当他情绪激昂时，或是理智占上风时，他就褒松柏而贬桃李。譬如：

> 太华生长松，亭亭凌霜雪。
>
> 天与百尺高，岂为微飙折。
>
> 桃李卖阳艳，路人行且迷。
>
> 春光扫地尽，碧叶成黄泥。
>
> 愿君学长松，慎勿作桃李。
>
> 受屈不改心，然后知君子。
>
> ——李白《赠韦侍御黄裳》

到他放纵性情时，他又常是尽情歌颂桃李，譬如有"桃李务青春，谁能贯白日"之名句的《长歌行》。这种时候他对于松柏则颇不屑，譬如《拟古十二首》之九："白骨寂无言，青松岂知春。前后更叹息，浮荣安足珍。"

到他注入深情时，桃李也是其寄托。譬如"桃李如旧识，倾花向我开"；再譬如以桃花寄寓亲情：

> 娇女字平阳，折花倚桃边。

折花不见我，泪下如流泉。

——李白《寄东鲁二稚子》

　　李白固然也积极去追求过功名，事实上他仅是希望其个人价值能因此
而得到社会的认可，或是从道义上觉得理应如此，缺乏的是杜甫"致君尧
舜上，再使风俗淳"那样的真诚与热情。当他纵容起性情而不再考虑这
些的时候，便有了他的绝好文章：

　　夫天地者，万物之逆旅；光阴者，百代之过客。而浮生若梦，为欢几何？
古人秉烛夜游，良有以也。况阳春召我以烟景，大块假我以文章。会桃李之芳园，
序天伦之乐事。群季俊秀，皆为惠连；吾人咏歌，独惭康乐。幽赏未已，高谈
转清。开琼筵以坐花，飞羽觞而醉月。不有佳咏，何伸雅怀？如诗不成，罚依
金谷酒数。

——李白《春夜宴从弟桃花园序》

　　这里有个除掉束缚而疯狂的李白，以至我们能从他的眼神里看到
那集一春之所有灿烂的满园桃花，花之色，人之情，在这一刹那而于
天地万物之内，于光阴流淌之间，竟成永恒。桃花在李白诗中成为以
青春、感情为代表的个性人生美好的象征，那桃花得李白一赏，复何
怨之有呢？

　　桃花聚朵成枝，聚枝成簇，聚簇成丛，这便淋漓尽致地显示出春天的妩媚与娇娆。桃花已然成为春临的一种象征，撩拨和温润了人们的心，默默地沟通了人们和自然的天然联系，给人们以视觉的安谧与心灵的抚慰。

虚心竹有千千节

立根原在破岩中

"梅兰竹菊"四君子之一的竹子因为具有亭亭玉立、袅娜多姿、四时青翠、凌霜傲雨的特征，所以自古就深受人们的喜爱。古今文人骚客，嗜竹咏竹者众多。文豪苏东坡则留下"宁可食无肉，不可居无竹"的佳话。

苏东坡对竹的爱，也许是前无古人、后无来者的。他的结发妻子并没有与其厮守终身，反倒是竹子和他日夜相伴，不离不弃。无论在哪里，苏东坡都"宁可食无肉，不可居无竹"。当年，他任杭州通判时到于潜县视察，下榻在金鹅山的绿筠坪。那里屋前屋后种的都是绿竹，这激发了他的诗兴，遂与县令刁王寿和前任县令毛宝，以及县尉方君武等共同吟咏起来。

仆人送晚餐、酒菜。其中有一道菜是"腌笃鲜"（腊肉焐笋）。苏东坡见后随口吟出："宁可食无肉，不可居无竹。无肉使人瘦，无竹令人俗。人瘦尚可肥，士俗不可医。旁人笑此言，似高还是痴？"因为是即席发挥，东坡觉得"后味未尽"，于是又补吟了一句："若对此君仍大嚼，世间哪有扬州鹤？若要不瘦又不俗，还是天天笋焐肉。"虽对仗欠工整，却清新上口。身边众人都拍掌称赞："妙哉! 妙哉! 竹与肉还是可以相辅相成的!"

从此，当地每逢鲜笋上市，待客时总是有这道"腌笃鲜"。

可以说，竹子和苏东坡有着不解之缘。年轻时的他赞叹竹子有豪迈之风："门前万竿竹，堂上四库书"；而在他人到中年时，心情渐趋平淡，在赞美竹子时则是："疏疏帘外竹，浏浏竹间雨。窗扉静无尘，几砚寒生雾"；老年时，则"累尽吾何言，风来竹自啸"，"披衣坐小阁，散发临修竹"。字里行间，我们不难看出苏东坡由豪迈到平静恬淡的情感变化，这固然是他的人生轨迹。而他正是借竹子，来表现自己不同时期的心态。可见竹子在他心目中有多么重要的位置啊!

晚唐诗人高骈曾写过一首七绝：

虞帝南巡去不还，二妃幽怨水云间。

当时血泪知多少，直到而今竹尚斑。

——高骈《湘浦曲》

这首诗里提到了一个与竹子有关的凄美爱情传说。

上古时候，尧有两个女儿，大女儿叫女英，二女儿叫娥皇，姐姐长妹妹两岁。女英和娥皇都长得俊秀，贤惠善良，尧很喜欢他的两个女儿。尧选贤让能，选虞舜为继承人，并将两个女儿许给舜为妻。

　　舜在帮助尧管理国家大事期间，为子民做了许多好事。尧死后，舜帝即位。南方的"三苗"部族多次在边境骚扰，舜亲率大军南征，娥皇、女英也跟随同行，留住湘水之滨。大军征战南进到苍梧，舜王不幸病死，葬在九嶷山下。

　　娥皇、女英姐妹俩听到这个噩耗后，痛不欲生，连夜赶到洞庭湖畔。泪水流尽继之以血，湘江洞庭的水云之间，弥散着二妃的幽怨之声。四周的竹子也都沾到了她们的血泪，人们为了纪念这两位妃子，故名之曰"湘妃竹"，直到现在的湘妃竹上还是血泪斑斑。

　　后来姐妹俩纷纷投水自尽，成了水神，名曰湘君和湘夫人。据说现在的洞庭山上还有这两个人的坟墓。古人还在洞庭湖畔修建了"黄陵庙"，又名"湘夫人祠"，用以供奉湘水女神湘君和湘夫人。毛主席的诗词中"斑竹一枝千滴泪"，说的就是这个故事。

　　在后人的诗文中，娥皇、女英的传说常被用作典故以寄寓诗人的情感。唐宪宗元和年间（公元 806—820 年），诗人施肩吾写了一首咏湘妃竹的五绝：

　　　　　万古湘江竹，无穷奈怨何。

　　　　　年年长春笋，只是泪痕多。

　　　　　　　　　　　　　　——施肩吾《湘竹词》

　　中唐诗人杜牧也曾写过一首七绝，歌咏了用湘妃竹编织的竹席。诗中写道：

> 血染斑斑成锦纹，昔年遗恨至今存。
>
> 分明知是湘妃泣，何忍将身卧泪痕。

——杜牧《斑竹筒簟》

斑竹席上的斑斑血痕，像极了锦绣花纹，明明知道这是两个女人的眼泪，当年悼念舜帝的悲痛至今还看得见，怎么忍心睡在这泪痕上呢？

点点相思泪，斑驳女人心。竹，是女人的相思泪化雨，也是男儿的气质笔下诗。《晋书·杜预传》载："今兵威已振，譬如破竹，数节之后，皆迎刃而解。"李白《长干行》诗云："郎骑竹马来，绕床弄青梅。同居长干里，两小无嫌猜。"与竹子有关的成语、诗句颇多，隐藏其后的故事更饶有哲理。

北宋著名画家文同在画竹子方面可以说是远近闻名的。他的家中都有不少人登门求画。难道是他有画竹的妙诀？如果有，那会是什么呢？

原来，文同在自己家的房前屋后都种上了各种竹子，无论春夏秋冬、阴晴风雨，他都能经常到竹林里观察竹子的生长变化的情况，他琢磨竹枝的长短粗细、叶子的形态和颜色。每当有新的感受时，他就会立刻回到书房，铺纸研墨，把心中的印象画在纸上。日积月累，竹子在不同季节、不同天气、不同时辰的形象都深深地印入了他的心中，只要凝神提笔，在画纸前一站，平日观察到的各种形态的竹子便会立刻浮现在他的眼前。所以每次画竹，他都显得非常从容自信，画出的竹子也都无不逼真传神。

　　当人们夸奖他的画时，他总是谦虚地说："我只是把心中琢磨成熟的竹子画下来罢了。"

　　后来，有一位青年也想学画竹，而且得知诗人晁补之对文同的画很有研究，于是前往求教。晁补之则写了一首诗送给他，其中有两句是："与可画竹时，胸中有成竹。"

　　从此，这个"胸有成竹"的成语也就诞生了。它比喻做事之前已做好充分准备，对事情的成功已有了十分的把握；又比喻遇事不慌，十分沉着。

　　提到画竹子的行家，有一位大师级人物是必须要提的——郑板桥。郑板桥不仅画竹子，还专门为竹子写了一首诗：

　　　　咬定青山不放松，立根原在破岩中。

　　　　千磨万击还坚劲，任尔东西南北风。

　　　　　　　　　　　　　　　　——郑板桥《竹石》

　　郑板桥是酷爱竹子的，"举世爱栽花，老夫只栽竹"就是他的性格。他一生写了无数首咏竹诗，其中最有名的就是这首：

　　　　衙斋卧听萧萧竹，疑是民间疾苦声。

些小吾曹州县吏，一枝一叶总关情。

——郑板桥《潍县署中画竹呈年伯包大中丞括》

这是郑板桥所有诗作中最经典的一首。郑板桥所画的竹子之所以锋芒毕露、枝节分明，与他的经历有关。在他当县官的那段时间里，他经常躺在衙门里听萧萧竹声，这与在书房中闲听竹声的感受是不一样的，这里似乎夹杂着穷苦百姓的呻吟。"一枝一叶总关情"，这是郑板桥所理解的竹子的品格。

相对的，诗圣杜甫的名句是"新松恨不高千尺，恶竹应须斩万竿"。但这句却为很多人不解，都误认为杜甫对竹情有独"恨"。其实杜甫也是很爱竹子的，他曾经在成都草堂植松种竹子，并且写了不少颂竹诗篇，如《苦竹》《题刘秀才新竹》《栽竹》《斫竹》等。而且我们也能够在其他诗篇里见到一些咏竹的诗句。举个例子吧，如"自闻茅屋趣，只想竹林眠"，"竹深留客处，荷净纳凉时"，"竹叶满枝翠羽盖，开花无数黄金钱"，"桤林碍日吟风叶，笼竹和烟滴露梢"，"风含翠篠娟娟净，雨裛红蕖冉冉香"，"无数春笋满林生，柴门密掩断人行"。

有了这么多的证据，可以为杜甫平反了，人家是喜爱竹子的。但是"恶竹应须斩万竿"中的"恶竹"又该作何解呢？这里的"恶"是"不良"之意；"恶竹"是指那种枝丫乱生而多刺的不良竹子，并非"可恶的竹子"，也非杜甫厌恶竹子（杜甫的《恶树》诗便可做佐证）。所以杜甫这两句诗的意思是说：新种的小松恨不得它迅速长成千尺高树，那衍生疯长的不良竹子纵有万竿也必须斩除。

杜甫在诗中说:"平生憩息地,必种数竿竹",他在寓居成都浣花溪畔时,曾亲手种下上百亩竹林。而同时代的诗人王维,则在他的终南山别墅中"独坐幽篁里,弹琴复长啸"。爱竹人喜欢在竹林中弹琴、漫步、吟诗、遐想,他们总盼望着书房窗前、庭院角落随处有竹影婆娑,竹子于是真正地成为他们朝夕相伴的亲密朋友。

就像古代很有名的一个"诗歌组合"——"竹林七贤"。

《魏氏春秋》上记载:"陈留阮籍、谯国嵇康、河内山涛、河南向秀、籍兄子咸、琅邪王戎、沛人刘伶相与友善,游于竹林,号称七贤。"这七个人就是因为常常在竹林中聚会、饮酒、赋诗,用竹林来反映自己的人品,又将自己的文采附着在竹子身上,所以才用"竹林"为自己的组合起名字的。

李商隐在《初食笋呈座中》中有云:"嫩箨香苞初出林,于陵论价重如金。皇都陆海应无数,忍剪凌云一寸心。"竹笋由于其独特的鲜美,成为肴中的珍品,却使人心生怜惜,不忍下箸。刘禹锡在《庭竹》中写得更是生动:"露涤铅粉节,风摇青玉枝。依依似君子,无地不相宜。"

有时我们会赞扬竹子的清高脱俗,有时会称道竹子的潇洒绝伦,有时会借吟竹而自喻,有时还凭咏竹而自适。总之,竹子与中华民族结下了不解之缘,与悠久的中华文化血脉相连。

杨柳依依

万条垂下绿丝绦

伫立在河边，河岸两旁柳条依依。心里有些不安：秋天来了吗？可是竟没有一点秋的气息。柳依然碧绿，像姑娘垂落的秀发倾泻而下，与清澈的河水照映，仿佛一幅水墨画卷，让人心旷神怡。贪婪地吸着这还没有被尘土掠过的空气，一股久违的清新渗透了每一根血脉。

看着身边的垂柳，心中多了几许感慨。她偷偷露出青绿的时候，春天便走进了我们的世界；她枝叶繁茂的时候，又将一份清凉融入我们心底。她，碧绿、清新、芬芳，婀娜多姿，浑身散发着青春与活力。然而，再仔细看时，突然掠过一丝惆怅：她的青绿已经有些褪色，碧绿包裹的身子分明有几条发黄的枝叶。想必，秋天就要来了。

《诗经·小雅·采薇》中有："昔我往矣，杨柳依依。今我来思，雨雪霏霏。"这应该是对杨柳最早的赞美了吧！

碧玉妆成一树高，

万条垂下绿丝绦。

不知细叶谁裁出，

二月春风似剪刀。

——贺知章《咏柳》

柳树发芽早，落叶迟。早春二月，它已初绽嫩芽，仿佛少女蒙眬的睡眼。"柳絮飞时花满城"，等柳枝长出狭长的叶子，白色的柳絮像雪花一样漫天飞舞，落在白蘋漂浮的池塘，落在春水流淌的河流，落在离人的心头，平添几分离愁。柳树落叶极晚，当萧瑟的秋风无情地劫掠大批的黄叶时，柳树却依然枝叶婆娑，绿意盎然。

柳树还有着旺盛的生命力——易种易活。谁人不知"有心栽花花不开，无心插柳柳成荫"的诗句呢？

杨柳枝条千万，随风飞扬，婀娜多姿，是文人墨客的最爱。每当古人送别时，杨柳便出现在渡口、驿站、城外，杨柳多情，似要挽留行人；每当古人思亲时，杨柳便出现在亭台楼榭，杨柳依依，似解人意。

章台柳，昔日青青今在否？那个叫韩翃的年轻人，多年后他回首旧时光的时候感叹那些散落的柳条，而思念就在那没有月光的夜晚蔓延。

唐天宝年间（公元 742—756 年），书生韩翃，家境清贫，与李生为好友，李生让韩翃居其宅之侧。李生有一宠姬柳氏，自门内窥见韩翃后，便起相爱之心。李生知其意，便将柳氏赠与韩翃为妻，并资助韩翃三十万钱。第二年，韩翃应试及第，留下柳氏独自回家乡探望父母。不久，安史之乱骤起，韩翃不得回京师。柳氏怕遭乱兵凌辱，乃剪发毁容，寄居法灵寺。乱平后，柳氏被藩将沙吒利掠到府中，纳为侍妾。时韩翃被平卢节度使侯希逸聘为书记，遣人持一练囊，内盛麸金，上题《章台柳》词，去京师寻访柳氏。

"章台柳，章台柳，昔日青青今在否？纵使长条似旧垂，也应攀折他人手。"柳氏捧金呜咽，左右凄悯。好容易盼来爱人的消息，却是无端的猜疑，柳氏百感交集，她不卑不亢地答曰："杨柳枝，芳菲节。所恨年年赠离别。一叶随风忽报秋，纵使君来岂堪折？"让人肃然起敬。

两人目断意迷，失于惊尘。韩翃归家之后，意色皆丧，音韵凄咽。后来，此事为虞候许俊所知，许俊是个侠义之人，答应帮助韩翃与柳氏团聚。他乘沙吒利出城射猎时，扮作小校来到沙府，诈称沙吒利坠马受伤，要柳夫人前去护理，接着将柳氏送到韩翃处，使两人团聚，但因沙吒利是有功之臣，深得皇帝的宠信，二人怕此事被沙吒利知道，便求助于侯希逸，侯希逸将韩柳之事上奏皇上，皇上下诏，将柳氏归还韩翃，另赐钱二百万给沙吒利，遂使韩柳夫妻团圆。

"章台柳，章台柳，昔日青青今在否？"到底该怎样才会快乐，才会不去想念你？如果你，从来没有爱过我，我也会洒脱地放开你。可是偏偏我们爱了，而我却不能独自醒来！

　　"人生如梦梦如人生"，看似柔弱的柳，苍天却自有公道，赋予坚贞不渝的柔韧。姑且不说春柳芳菲、夏柳蓊郁、秋柳余韵，即使到了隆冬，看那料峭寒风中百折不挠的枝条，正以婀娜的腰肢演绎动人心魄的生命之舞，残留在枝条上的几片枯叶，随风飘落在清澈河水中，寻觅生命的轮回。

　　这是一个有关痴情的故事。二月灞桥，春苔始生，垂柳婆娑。这便是汉唐盛世长安送别的地儿。柳与"留"谐音，柳枝娉婷，又是多情女子的化身，柳叶如眉，柳条随风招摇如挥手，所以，柳有"留人"之意。也许当时，都要折一段柳枝馈赠远行的人以表相思吧！此情此景，便是"执手相看泪眼，竟无语凝噎"，柳枝已代言由衷了。

　　　　　　一棵开花的树

　　　　　　如何让你遇见我

　　　　　　在我最美丽的时刻

　　　　　　为这

　　　　　　我已在佛前求了五百年

　　　　　　求佛让我们结一段尘缘

　　　　　　佛于是把我化作一棵树

　　　　　　长在你必经的路旁

　　阳光下

　　慎重地开满了花

　　朵朵都是我前世的盼望

　　当你走近

　　请你细听

　　那颤抖的叶

　　是我等待的热情

　　而当你终于无视地走过

　　在你身后落了一地的

　　朋友啊

　　那不是花瓣

　　那是我凋零的心

　　　　　　　　　　——席慕蓉《一棵开花的树》

　　树既如此，人何以堪？有些人来了还是走了。男人对爱情的定义、对爱情的追求与女人的爱情果然不同。她是为他而来的，为了那守候了五百年的期待，她是他生命中永不可磨灭的奇迹，她注定要为他献上那珍藏了一生的拥抱。

今天的我们或许相爱，明天的我们也许形同陌路。世上的事，百转千回。谁是谁的独有，总不能如自己的心愿，只能感叹这错误的相遇。不要因为自己的沉默而错过，然后强迫自己在痛苦中忘却。

爱情中没有矜持。

杨柳只具有离愁与怀人的意象吗？翻阅唐诗发现，杨柳还是诗人兴发历史哀伤的对象，咏史吊古的诗歌中也经常出现杨柳。唐朝著名诗人韦庄曾在金陵的台城凭吊："无情最是台城柳，依旧烟笼十里堤。"杜甫的《哀江头》："江头宫殿锁千门，细柳新蒲为谁绿？"李商隐的《隋宫》："于今腐草无萤火，终古垂杨有暮鸦。"朝代更迭，物是人非，前朝的宫殿成为一片废墟，而杨柳依旧一岁一枯荣。

好奇观音菩萨的形象，左手托着甘露神水的净瓶，右手持杨柳枝，蘸着甘露，轻轻一挥，就能起死回生。菩萨为什么不用其他的植物，大概是取杨柳好活的寓意吧！

咏柳，在唐诗中常被用以赋别。白居易在《隋堤柳》诗中写道："西自黄河东至淮，绿阴一千三百里，大业末年春暮月，柳色如烟絮如雪。"赞美汴河隋堤的胜景。当年隋堤之上盛植杨柳，叠翠成行，风吹柳絮，腾起似烟。每当清晨，登堤遥望，但见晓雾蒙蒙，翠柳被笼罩在淡淡烟雾之中，苍翠欲滴，仿佛半含烟雾半含愁，景致格外妩媚，是一幅绝妙的柳色迷离的风景画。故而被誉为"隋堤烟柳"。

其实杨姓的起源就来源于此。

隋朝大业元年开凿的通济渠，西起洛阳，东段从荥阳至开封，折入皖、苏，贯通邗沟，直达扬州，是隋炀帝所下令开凿的运河中最重要的一段。运河两岸的大堤因此被称为隋堤。关于隋堤杨柳，笔记野史中还有这样一则故事：

运河修好之后，隋炀帝沿运河南巡。他乘坐豪华的龙舟，身后是数百艘随侍的龙舟，还有上万只杂船紧随其后，浩浩荡荡，向江都进发。此时正值初夏，天气渐热，隋堤上拉纤的羊群和千名殿脚女，不一会儿就气喘吁吁，香汗淋淋。怜香惜玉的隋炀帝与左右的大臣商量办法，翰林院学士虞世基呈上对策：在堤岸遍种垂柳，清荫交映，一可为殿脚女遮阳，二能加固新筑的河堤，三可摘下柳叶喂饲拉纤的羊群，一举数得，岂不大妙！隋炀帝大喜，随即传旨隋堤岸边的郡县连夜赶种柳树，每种一棵，赏绢一匹。短短几天时间，官员、百姓蜂拥而至，将周边的柳树都移栽于河堤两岸。好大喜功、善作政治秀的隋炀帝，又率群臣登岸，要亲手种植一株柳树，以为垂范，并作为君民同乐的见证。

隋炀帝刚刚选了一棵柳树要用手去移，手还未曾触及树干，就有几个宫人移了过来，又挖坑栽了下去。炀帝只用手在柳树上摸了几下，就当作是他种的了，群臣与百姓，随即齐呼万岁。大臣们也依次各种了一棵。围观的百姓欢呼雀跃，还编出了一首民谣："栽柳树，大家来。又好遮荫，又好当柴。

天子自栽，百姓同栽。"隋炀帝听后满心欢喜，赏给栽树的百姓许多钱。

隋炀帝回到龙舟上，看着这隋堤上人造的漫天青幔，忽然又想起秦始皇封禅泰山，御封五株为他遮风挡雨的大松树为"五大夫松"的典故。他立即提议，要给遮蔽日光的隋堤柳树封赏，说："朕今就赐它御姓，姓了杨罢。"叫近侍取来纸笔，御书"杨柳"两个大字，令左右挂在树上，以为旌奖；还传旨众人，以后都要叫它杨柳，不许单叫柳树。

柳树姓杨，沾了隋炀帝的光，宠荣无比。杨柳之称是否起源于此，得由历史考据学家去判断；然而，割不断的历史延伸却让人喟叹，前人曾有一首吊唁隋炀帝的诗："千株杨柳拂隋堤，今古繁华谁与齐！想到伤心何处是，雷塘烟树夕阳低。"

> 大业年中炀天子，种柳成行夹水流。
>
> 西自黄河东接淮，绿阴一千三百里。
>
> ——白居易《隋堤柳》

盛唐时期，文化空前繁荣，人们在享受舒适优雅的生活之余，给了杨柳更多的怜爱。关于杨柳的诗歌层出不穷。

有名的如王维《渭城曲》："渭城朝雨浥轻尘，客舍青青柳色新。劝君更尽一杯酒，西出阳关无故人。"王之涣的《送别》："杨柳东风树，青青夹御河。近来攀折苦，应为别离多。"崔道融的《杨柳枝词》："雾掩烟搓一索春，年年长似染来新。应须唤作风流线，系得东西南北人。"孟郊的《折杨柳》：
"杨柳多短枝，短枝多别离。赠远累攀折，柔条安得垂……莫言短枝条，中
有长相思。朱颜与绿杨，并在别离期。楼上春风过，风前杨柳歌。"

> 五月天山雪，无花只有寒。
>
> 笛中闻折柳，春色未曾看。
>
> ——李白《塞下曲》

　　杜甫也有《吹笛》："故园杨柳今摇落，何得愁中曲尽生？"而宋代词人
对杨柳也尤为钟情。宋代有名的词人几乎都有佳作涉及杨柳。多情的词人
往往通过抒写离愁别恨，来歌颂爱情的真挚，杨柳成了宠儿。在他们的词中，
杨柳愈发隽永多姿，形象也日渐丰满起来。

　　单是欧阳修的就有《蝶恋花》："庭院深深深几许？杨柳堆烟，帘幕无重
数。"《生查子》："月上柳梢头，人约黄昏后。"《采桑子》："飞絮蒙蒙，垂
柳阑干尽日风。"《鹧鸪天》："舞低杨柳楼心月，歌尽桃花扇底风。"

　　柳永，这位在宋代著名词人中官职最低，但在词史中却最为重要的柳七，
他的词，凡有井水饮处，即能歌之。

　　《雨霖铃》："今宵酒醒何处？杨柳岸，晓风残月。"被誉为千古俊句。
柳永一生仕途坎坷，生活潦倒，耽溺于绮旎繁华的都市生活，在"倚红偎
翠""浅斟低唱"中寻找寄托。柳永一生都在烟花柳巷里作词唱和，大部分

的词诞生在笙歌艳舞、锦榻绣被之中，当时歌伎们的心声是："不愿君王召，愿得柳七叫；不愿千黄金，愿得柳七心；不愿神仙见，愿识柳七面。"柳永晚年穷愁潦倒，死时一贫如洗，是他的歌伎朋友们集资营葬。死后亦无亲族祭奠，每年清明节，歌伎都相约前往柳永的墓前凭吊祭祀。祭毕就在路边折下柳枝别在头上，以寄托对柳永的思念之情。

据说这就是清明插柳的由来。宁愿相信这凄美的传说，因为饱蘸了情感的杨柳枝才是最美的。

"露条烟叶，翠荫交接，风流纤软，絮飞如雪。轻柔细腻，情思悠长。"

多美的意境，多美的语言，多美的形象，多美的杨柳。让我们静下心来，细细品味。

凤游四海求其凰

此曲有意无人传

　　世上的感情，无非两种：一种相濡以沫，却厌倦到老；一种相忘于江湖，却怀念到哭泣！也许不是不曾心动，不是没有可能，只是有缘无分，情深缘浅，爱在不对的时间。

　　在不能够爱的时候，不经意间碰撞"爱"的火花。从一开始就注定了没有结局，却是人生极有魅力的一种温馨和苦涩，也正因为没有结局，这种宝贵的感情才能在记忆深处，永远保持一份完美。

　　想起那些划过生命的爱情，常常会把彼此的错过归咎为缘分，而缘分是那么虚幻缥缈的概念，真正左右我们的，是那一时三刻相遇与相爱的时机。男女之间的交往，充满了犹疑、忐忑的不确定与欲言又止的矜持，一个小小的变数，就可以完全改变选择的方向。

　　如果彼此出现得早一点，也许就不会和另一个人十指紧扣，又或者相遇得再晚一点，晚到两个人在各自的爱情经历中慢慢地学会了包容与体谅，善于妥协，也许走到一起的时候，就不会那么轻易地放弃。

任性地转身，放走了爱情，在你最美丽的时候，与你遇见的那个人。要在时间的荒野中，没有早一步也没有晚一步，于千万人之中，去邂逅自己的爱人，那是太难得的缘分；更多的时候，我们只是在彼此不断地错过，这世界有着太多的这样和那样的限制与隐秘的禁忌，又有太多难以预测的变故和身不由己的离合，一个转身，也许就已经错过一辈子。

日色欲尽花含烟，月明欲素愁不眠。

赵瑟初停凤凰柱，蜀琴欲奏鸳鸯弦。

此曲有意无人传，愿随春风寄燕然。

忆君迢迢隔青天，昔日横波目，今作流泪泉。

不信妾断肠，归来看取明镜前。

——李白《长相思·其二》

我们自问，也问别人，究竟什么是"爱"？

《诗经》首篇便是一曲爱情咏叹调。"窈窕淑女，君子好逑""求之不得，寤寐思服"，这些诗句极其细腻地展示了男男女女为了爱情表现出的淳朴、可爱的行为。"静女其姝，俟我于城隅。爱而不见，搔首踟蹰。"表达了情人约会时，因不见心爱的人出现而彷徨不安。《氓》和《孔雀东南飞》更是令人感叹不已，负心薄情和婚姻礼教造成了多少爱情悲剧。透过秦观的《鹊桥仙》，我们看见一位士大夫全新的爱情观："两情若是久长时，又岂在朝朝暮暮。"

爱情是人间一个难以破解的谜题：有的人说"问世间情为何物，直教人生死相许"；有的人说"曾经沧海难为水，除却巫山不是云"。翻阅爱情宝典，柳永惜别情人后，感叹"便纵有千种风情，更与何人说"，李清照惋叹"帘卷西风，人比黄花瘦"。东坡居士更是写尽了伉俪之间生死不渝的人间真情：

十年生死两茫茫。不思量，自难忘。千里孤坟，无处话凄凉。纵使相逢应不识，尘满面，鬓如霜。

夜来幽梦忽还乡。小轩窗，正梳妆。相顾无言，唯有泪千行。料得年年断肠处，明月夜，短松冈。

——苏轼《江城子·乙卯正月二十日夜记梦》

人世间流传了千百年，舞台上演绎了千百年，却没有谁能给出一个确切的答案。爱，兴许是因人而异的，那只是一种感觉，如电光火石般的一个瞬间。

可是，怎样的爱，能够永恒不变？能够无怨无悔？

其实，爱只是一个过程罢了。

卓文君是聪明的，她用自己的智慧挽回了丈夫几度欲逃的心；卓文君也是幸福的，司马相如没有背弃最初的约定；而我们，更是幸运的，多年以后，还能从他们的爱情里寻找到最初的爱恋和最后的坚守，还能从他们的夜奔中看到熊熊燃烧在世俗之上的爱情火花。

"闻君有两意，故来相决绝。愿得一人心，白首不相离。"文君这样的女子，敢爱敢恨。

卓文君的夜奔在爱情故事里，是浪漫的。她是西汉才女，是临邛大富商卓王孙的女儿，美丽聪明，精诗文，善弹琴。司马相如应王孙之邀来府做客，而文君早已久慕相如才名，羞涩女子，不忍错过这样一个欣赏如意郎君的机会，于是躲在帘后偷偷相望。许是"心有灵犀一点通"，相如竟瞥见躲在帘后的文君，只见她——"眉色远望如山，脸际常若芙蓉，皮肤柔滑如脂"。于是，相如弹唱一曲《凤求凰》，以表对帘后女子的爱慕之情。

> 凤兮凤兮归故乡，遨游四海求其凰。
>
> 时未遇兮无所将，何悟今兮升斯堂！
>
> 有艳淑女在闺房，室迩人遐毒我肠。
>
> 何缘交颈为鸳鸯，胡颉颃兮共翱翔！
>
> 凰兮凰兮从我栖，得托孳尾永为妃。
>
> 交情通意心和谐，中夜相从知者谁？
>
> 双翼俱起翻高飞，无感我思使余悲。
>
> ——司马相如《凤求凰》

　　这样多情而大胆的表白，哪个女子能不为此心动？

　　爱是柔情的旋涡，酣畅的强音，醉人的语言，在回忆中荡漾，在记忆里喘息，缭绕着情怀，诱惑了情感，爱让人深深陷入了柔情的旋涡里。

　　因为有爱，于是有了夜奔的佳话。

　　夜深人静之时，文君背着父母，偷偷到相如住所与之完婚，然后一起逃归成都。可是，人的一生始终逃脱不了世俗。违背了父母之命，却逃脱不了"家徒四壁"的现实。无奈，两人只好再次回到临邛。文君以弱质女流，千金之身，当垆卖酒；而相如也舍弃文人衣衫，甘愿当一个跑堂的伙计。

　　即使是粗茶淡饭，对于相爱的两个人来说，也不过是一番浪漫滋味。文君当垆卖酒，司马相如与伙计一起洗酒碗。此时，卓文君看着相如，心里也许在想："我的郎君，连洗碗都这么风流倜傥。"

　　这是临邛衔上的一件天大新闻，顿时远近轰动，小酒店门庭若市，热闹非凡。卓王孙经不起亲朋好友的疏通劝解，迫不得已分给他们童仆百人，钱百万缗，并厚备妆奁，接纳了这位把生米已经煮成熟饭的女婿。

　　人说在爱情的领域里，一见钟情的感觉是最令人向往的，想来司马相如深有感触。如果后来司马相如飞黄腾达，受到汉武帝重用，任中郎之时，仍能"执子之手，与子偕老"，那么，他们的爱情将画下一个圆满的句点。

　　只可惜，情何以堪，才子多是风流，即使美丽的文君也未能幸免夫君的移情别恋。当他在事业上略显锋芒，终于被举荐做官后，久居京城，赏尽风尘美女，加上官场得意，怎能心坚不移？此时，他早已将曾经的患难与共、情深意笃忘却，哪里还记得千里之外还有一位日夜思念着他的妻子！

文君独守空房，日复一日，年复一年地过着寂寞的生活。就在司马相如的心游移在其他女子身上的时候，文君用一首《白头吟》向夫君表达了自己对爱情的执着和一个女子对爱情独有的坚定：

> 皑如天上雪，皎若云间月。
>
> 闻君有两意，故来相决绝。
>
> 今日斗酒会，明日沟头水。
>
> 蹀躞御沟上，河水东西流。
>
> 凄凄复凄凄，嫁娶不须啼。
>
> 愿得一人心，白首不相离。
>
> ……
>
> ——卓文君《白头吟》

白发虽已胜雪，却将其比作皓月，可见卓文君也认同岁月会消磨女人的青春，但亦可增加其魅力；就要成为弃妇了，不吵不闹，反而自行求去，让男人愧疚顿生。文君并不像一般女子那样遵循礼教，对丈夫纳妾故作大度，她直书凄凉之感的同时，却不哭哭啼啼，怎叫男人不心生敬意？

遥想昔日夫妻恩爱之情，司马相如羞愧万分，从此不再提纳妾之事，并亲自回乡，用驷马高车接了妻子返回长安……

卓文君，一个有思想，有勇气，敢爱敢恨的才女用自己的智慧挽回了丈夫。她用心经营着自己的爱情和婚姻，终于苦尽甘来。她的一生，应该是值得的。可遇而不可求的一见钟情，充满浪漫色彩的夜奔，与爱的人携手终老。女人一生如此，夫复何求？

他们之间最终没有背弃最初的爱恋和最后的坚守。这也使得他们的故事千回百转，成为世俗之上的爱情佳话。

因为爱过，所以慈悲；因为懂得，所以宽容。不过就是怀着一颗慈悲的心去对待，所以才会有这么多的容忍；遇见你，我变得很低很低，一直低到尘埃里去，但我的心是欢喜的。并且在那里开出一朵花来。所有的爱情都有卑微，因为爱上一个人、在乎一个人，就有妥协，妥协自然就有卑微的存在。

"浑身雅艳，遍体娇香，两弯眉画远山青，一对眼明秋水润……"不幸沦为风尘女子，集京城万千纨绔子弟的宠爱于一身。她本该衣食无忧，夜夜笙歌，享受"醉生梦死"的红尘带给她的快乐，过着衣来伸手，饭来张口的"名妓"生活。

可是哪一个女子不渴望爱情？哪一个女子不在幻想真爱降落在自己的头上？她的美貌与才华为她赢得众人的喝彩，把她高高地捧到了最高峰，却也给她带来了一段刻骨铭心的伤痛，让她重重地摔到了深深的谷底。

杜十娘原名杜媺，十九岁那年，遇上了少年英俊、纯情若水的李甲。两人情投意合。一年后，李甲花光了银两，就要被老鸨赶出挹翠院。杜十娘巧诱老鸨出了个赎身的低价，十天后，在老鸨懊悔不迭的目光里，带着梳妆台，从容走出了挹翠院。

这个世界上有一种最美丽、最神奇的语言，那就是爱情。它是阳光，渗透到人的心灵，有了这种语言，人们就可以在春天播种希望，在秋天收获幸福。而十娘却在错误的时间里遇上了错误的人，开始了一段错误的恋情……

两人坐船南下，行至瓜州，杜十娘高歌《小桃红》时，被邻船的盐商孙富看上了。孙富便向李甲高价索买，还貌似真诚地说："你父亲岂容你娶妓女为妻，不如卖给我，替你分忧。"

两个男人各怀鬼胎，把杜十娘易手了。其实，李甲忘记了，杜十娘根本不是他的，赎金三百两，一半是杜十娘自己掏的腰包，还有一半是柳遇春因为欣赏杜十娘才捐的款。

当夜，李甲垂着头，将这个卑鄙的交易告诉了杜十娘，杜十娘震惊之后，冷静地说了句："郎得千金，可觐父母，妾得从人，无累郎君，可谓面面俱到，实在是好主意。"然后，一夜无话。

次日，盛装的杜十娘站在船头，将梳妆台里暗藏的金银珠宝全部扔进了江水，继而，投江自尽，她是死于对爱情的绝望。

秋风清，秋月明，落叶聚还散，寒鸦栖复惊。

相亲相见知何日，此时此夜难为情。

入我相思门，知我相思苦，长相思兮长相忆，短相思兮无穷极。

早知如此绊人心，何如当初莫相识。

——李白《秋风词》

杜十娘是一个美丽而工于心计的女人，不然，无法在七年风尘生涯中悄然积下如此巨资。当她有本钱从良时，将终身托付给了老实人李甲，可偏偏就是这个怯懦无能的男人，给了她最狠的一刀。在孙富的几句浮言下，就客串成为人贩子，把刚刚获取自由的她，重新推向火坑。

这是她平生最看错的一个人，也是最致命的。这场怒沉百宝箱的悲剧，本可以避免，只消她打开箱子，李甲的嘴脸马上会转变。可是她没有，她选择了玉石俱焚的结局，因为心碎，因为绝望。

杜十娘曾经如此接近过幸福，她计划浮居苏杭，逍遥度日，她什么都有：金钱，自由，青春，爱情——只可惜，她的爱情只是假象。

面对李甲的背叛与残忍，她已不愿抗争，洞悉了人性的丑陋与自私，曾经步步为营、小心谨慎的杜十娘选择了死亡。

杜十娘与卓文君唯一相似的地方是勇气。两个女人都不安于命运，都要替自己出谋划策，都要把幸福主动权抢在自己手里，一个为爱赎身，一个为爱私奔。

　　因为有爱，所以自由。杜十娘从花团锦簇的环境里脱身而出，准备与爱人长相厮守，可是爱情与婚姻，原本是两回事，杜十娘还没有认清形势，没有认清自己在这个男人心中的重量，就将李甲当作自己唯一的归处，投奔爱情，投奔婚姻，这是古今所有女子悲哀的通病。

　　遇人不淑是女人最大的不幸，而识人不明更是主动犯下的错。杜十娘是一个为爱而活着的人，爱是她的全部。子曰："朝闻道，夕死可矣。"对杜十娘来说，珠宝算得了什么？当这一切放在她的爱的面前的时候，金银珠宝何足挂齿？女性的爱情往往是惊天动地的，也许对她们来说，即使爱不是唯一，也应该是第一。

　　永远到底有多远？从不相信世上有永远，只贪图这一刻的甜蜜。约定，只祈求不要消失得太快。爱情不过是我将于茫茫人海中访我唯一灵魂的伴侣。得之，我幸；不得，我命，如此而已。

蝴蝶飞不过沧海

穿花蛱蝶深深见

每一只蝴蝶，刚刚破蛹而出的时候，都会记起前世的爱情，而开始又一次的寻觅。

千百次轮回，她始终无法忘记那个给了她爱情的少年，在她心里，那个少年就是她永恒的爱情传说。

蝴蝶艳丽，成双成对，终生厮守，从而得到众人的喜爱；但在化蛹成蝶的过程中却九死一生。

破蛹而出的痛苦，成就了她流光溢彩的生命，可几乎所有的美丽都是脆弱的，所有的灿烂都是短暂的。

在裂开了一个小口的蛹上，蝴蝶艰难地将身体一点一点地挣扎出来，她似乎已经竭尽全力，却不能再前进一步……几小时过去了，似乎一点进展也没有。

身旁的人看了都心疼，想要帮助蝴蝶破蛹而出，但是无济于事，因为她只能以自己的力量，挣扎而出。只有经历过这种苦痛，才能化为美丽的蝴蝶；只有通过挤压的过程，她的身体才能展开美丽的双翼，她才能展翅飞翔。

蛹中的蝴蝶使尽最后一丝力气，终于破蛹而出。她张开色彩斑斓的双翼在阳光下翩翩起舞，美丽、耀眼、妖娆，这就是她的真性情，毫不保留地展现自己。她不再忧郁，随时随地，任凭风雨吹打她的身躯，任凭雷鸣考验她的体格。

化蝶后，她的整个身心，都散发着更加纯洁的美。蝴蝶带着一颗感恩的心浅唱着"我始终带着你爱的微笑，一路上寻找我遗失的美好。不小心当泪划过嘴角，就用你握过的手抹掉"。她依然对这个世界充满了感激，她曾一度怀疑过，然而"化蝶"的过程，却让她重生。

可是，蝴蝶注定飞不过沧海，它太柔弱。但是它不飞会寂寞而死，飞了会折断双翅而死……

很多人都用蝴蝶来形容一些绝美的东西，蝴蝶之不幸也。流着暗红的血，淌着低婉的怨，蝴蝶坠落。盼着悲伤的旋，望着痴迷的月，蝴蝶沉沦。用一生换得一次灿烂。堕落得心甘，沉沦得情愿。

"轻纨原在手，未忍扑双飞。"清冷的雨，湿了翅膀的蝴蝶，悲伤地在遍地颓败的芬芳里徘徊。细密的叶隙间，透出微薄的晨光和残滴的泪痕。苍茫的群山，隐约的楼台，浓浓的迷雾，在萋萋碧草中相互纠缠着伸入远方，迎接忽阴忽晴的幽径外飘来的花轿。

朝回日日典春衣，每日江头尽醉归。

酒债寻常行处有，人生七十古来稀。

穿花蛱蝶深深见，点水蜻蜓款款飞。

传语风光共流转，暂时相赏莫相违。

——杜甫《曲江二首·其一》

传说，每一只蝴蝶都是一朵花的轮回。

惊诧，生生世世的蜕变，何苦如此顽固而执着？只因为爱，爱得惨烈，无法放弃，只要有他，生死轮回，必将追随。

东晋永和年间（公元 345 —356 年），在风景秀丽的玉水河边，有一个祝家庄。庄里有一户殷实富户，人称祝员外。祝家族规，财产传男不传女。因祝员外没有儿子，为继承家产，祝员外将女儿英台自小男装打扮。英台才貌双绝，聪颖好学。到了读书的年龄，祝员外便把英台送到附近的碧鲜庵读书。

在碧鲜庵读书时，英台有一位同学叫作梁山伯，家住善卷山北西去五里的梁家庄，两人一见如故，意气相投，引为知己，遂于善卷后洞的草桥结义，兄弟共勉，相互提携。

英台与山伯在碧鲜庵同窗三载，其间曾同往齐鲁拜谒孔圣，又同到东吴游学。两人日则同食，夜则同眠，诗文唱和，形影相随。山伯不仅才高学富，而且为人忠厚正直，深得祝英台的爱慕。然而，三年之中，英台始终衣不解带，山伯虽屡起疑惑，但均被英台支吾过去，山伯始终不知英台为女子。

三年后，梁山伯要继续去余杭游学，而祝父因英台及笄，不许英台前往。二人依依不舍，互赠信物。山伯赠予英台古琴长剑，英台回赠山伯镏金折扇，亲书"碧鲜"二字。在山伯去杭城时，英台相送十八里，途中英台多次借物抒怀，暗示爱慕之情，但忠厚淳朴的山伯浑然不觉，不解其意。临别时，英台又假言做媒以家中九妹许于梁山伯，并约定时日，请山伯来祝家相访求婚。

英台学成回家后，岂料其父母已将自己许配于邑西鲸塘马氏。山伯从余杭游学回来，到祝家造访，英台红妆翠袖，罗扇遮面，前来相见，山伯方知其为女子。当得知英台已聘马氏后，柔肠寸断，悲痛至极。两人临别立下誓言："生不能成婚，死也要成双。"

梁祝泪别后，山伯忧郁成疾，不久身亡，卒葬村西胡桥。英台闻讯悲痛欲绝，决意以身殉情。出阁当日，坚持要经胡桥祭奠。轿至胡桥山伯墓时，英台上前祭吊，恸哭撞碑，突然狂风大作，天空混沌，飞沙走石，地忽裂丈余，英台堕入其中。风停雨过后，彩虹高悬，有两只蝴蝶，翩翩起舞，传为梁祝两人之精灵所化，黑者即祝英台，黄者即梁山伯，情侣依依，形影不离，比翼双飞于天地之间。

爱情消失了，她决定离去。

"给我一刹那，对你宠爱。给我一辈子，送你离开。"这是沧海对一只蝴蝶曾有过的爱情誓言。此刻的蝴蝶已远离了沧海，曾经相爱过的沧海与蝴蝶已成陌路。只是在不经意间，蝴蝶会想起成为深深烙印的沧海。

当蝴蝶对沧海说出这句话时，她的眼泪滴落在了沧海的怀里，沧海沉默着。沧海爱过她，对她而言只是一个美梦，当天亮到来的时候，美梦醒来的时候，沧海依旧是沧海，他的内涵更加丰富，蝴蝶依旧是蝴蝶，只是失去了她的心，她把心放在了沧海的无垠中。

当心被融化的那一刻，她终于明白了一个道理：蝴蝶飞不过沧海。

蝴蝶没能飞过沧海，但曾有过飞过沧海的冲动。

离别与重逢，本就是人生不停上演的戏？习惯了，也就不再悲惨。聆听王菲的《蝴蝶》，几滴眼泪不知不觉滑落脸庞："恨不得你是一只蝴蝶，来得快也去得快……就像蝴蝶飞不过沧海，没有谁忍心责怪。给我一刹那，对你宠爱。给我一辈子，送你离开。"

没有太多的轰轰烈烈、惊天动地，有的是像流水一样绵延不断的感觉；没有太多的海誓山盟、花前月下，有的是相对无言、眼波如流的默契。

可是，蝴蝶终究飞不过沧海。

很久以前，蝴蝶就以其身美、形美、色美、情美被人们欣赏，人们誉其为"会飞的花朵""中国的佳丽"，历代咏诵。蝴蝶忠于情侣，一生只有一个伴侣，被视为爱情美好、幸福的象征，如恋花的蝴蝶常被用于寓意甜蜜的爱情和美满的婚姻，是人类对至善至美的追求。

中国传统文学常把双飞的蝴蝶作为自由恋爱的象征，这表达了人们对自由爱情的向往与追求。作为一种高雅文化的象征，蝴蝶还能给人以鼓舞、陶醉和向往，令人体会到回归大自然的赏心悦目。

这一切吉祥、美好，大概还源于蝴蝶泉的传说——

无底潭边住着樵夫张老爹和孤女雯姑。一天，父女俩上山砍柴，忽见一只受伤的小鹿跑来伏倒在雯姑身边，呦呦哀叫。不一会儿，一个手持弓箭的猎手也紧紧追了上来。雯姑抱起可怜的小鹿向猎人求情，请求不要杀死小鹿。猎人名叫霞郎，他接受了雯姑的请求，即以小鹿相赠，并从药囊中取出药粉，为小鹿敷药治伤。雯姑对霞郎感激不尽。此后，他俩常在无底潭边相会。雯姑还把自己绣有一百只蝴蝶的"百蝶叶"，作为爱情的信物送给霞郎。

谁知在大理城的虞王，对美貌的雯姑早就垂涎三尺了。他求婚被拒绝后，借口要让雯姑去虞王府里绣百蝶，把她抢走。张老爹上前救护，竟被虞王府兵丁活活打死。通人性的小鹿目睹这一幕幕惨状，立即飞奔上山找到霞郎，咬着他的衣裳往山下拽。

霞郎来到无底潭边，见了雯姑的遗信，他先安葬了老人，随后便背上弓箭，骑马举刀赶到虞王府。趁着夜深人静，霞郎救出了雯姑。虞王发现后，急派总管率兵追来。霞郎张弓搭箭，一箭射倒一个追兵……

无奈追兵人多势众，霞郎只得护着雯姑且战且退，最后退到无底潭边。这时，霞郎的箭射完了，刀也砍断了。在无路可逃时，霞郎雯姑相抱着跃入无底潭，小鹿也跟着跳潭与自己的主人相殉。说来也怪，就在他俩跳潭时，万里晴天突然变为电闪雷鸣,下起暴雨,把虞王的总管和兵丁吓跑了。

雨过天晴,鸟语花香,潭中飞起一对大彩蝶,随后又飞出一只只彩蝶。相传,他们就是霞郎、雯姑及小鹿和霞郎贴身所带的"百蝶叶"的蝴蝶变出的。

　　　　青陵台畔日光斜,万古贞魂倚暮霞。

　　　　莫讶韩凭为蛱蝶,等闲飞上别枝花。

　　　　　　　　　　　　　　　　——李商隐《青陵台》

古往今来,爱情是人类社会一个永恒的话题。"关关雎鸠,在河之洲。窈窕淑女,君子好逑。"爱情是源于人类对美好异性的欲求,并升华为互相倾慕的人类精神的享受。

爱情就像一条纽带,它把爱情的两个个体——男人和女人的各个方面都联系在一起。只有经历过爱情的人生才能算是一个完整的人生。梁山伯与祝英台生不能在一起,死后化蝶成双相伴地生死相随,这种美好的憧憬,是我们对爱情的向往和追求。

"陌上花开蝴蝶飞,江山犹是昔人非。"年轻时,我们有一场没有结果的初恋。淡淡的,纯纯的,像一朵晶莹洁白的浪花,伴随着生命的河流漂至远方。浪花之下,涌动的是我们琐碎而庸常的生活暗流,平缓、深沉、辽阔,还有温暖的爱。

爱情似花朵，婚姻便是它的果实。植物界的法则是，果实与花朵不能两全，一旦结果，花朵就消失了。所以，一旦结婚，爱情也就消失了。也许短暂的，才是最好的。沧桑变化，最初的美好，终有一天也会成为鸡肋，食之无味，弃之可惜，最初的甜蜜，究竟去了哪里？

贾平凹先生说，结婚十年，爱情就老了，只剩下日子，而日子里只有孩子。摆弄哲学的周国平却说，爱情是一条流动的河。他否定了爱情经历是一个人一生旅途中一个点的观点。接着他在最宽泛的意义上给爱情作了如下定义：爱情就是两性之间的相悦，是在与异性交往中感受到的身心愉快，是因为异性世界的存在而感觉世界之美好的心情。

夫妻间的爱情被生活的奔忙而冲淡，逃也逃不过"七年之痒"，空守着城池，习惯了精神的暗淡、激情的落寞，甚至是陌生人般的心焦。生存总是无奈，燃烧总不能持久，爱完了还是要痛。

爱情需要激情，婚姻需要经营。

爱情就像美味，而婚姻却成了美味里的实质，脱去美丽的外衣，只剩记忆在风里颤抖和哭泣。美好的爱情，完美的婚姻似乎永远只能是一个遥远的梦。婚姻就如同围城，外面的人想进来，进来的人却又想出去。这就是人生的矛盾，人生的趣味。

总是认为爱情是一段婚姻的必要条件，现在才发现，这只是走进婚姻的前提条件，想要婚姻维持得长久，仅仅依靠爱情肯定是不够的，生活中的相互包容和相互妥协自然就成了必备条件，没有这两点，婚姻中必然会充满了火药味，没有人可以在战争中长存，尤其是当这场战争只有两个人的时候。

妥协和包容的度是最难掌握的，毕竟没有人的爱如同父母之爱那样崇高无私，每个人都会将一次的妥协上升到尊严丧失的高度，争吵变得不可避免，最后总是要有人妥协。次数多了，便会有不平衡的心态，下次不肯再妥协，于是新的争吵就开始了，周而复始，构成了婚姻生活中的主要部分。于是开始怀疑，没有争吵的生活是否真的存在？

伫倚危楼风细细，望极春愁，黯黯生天际。草色烟光残照里，无言谁会凭阑意。拟把疏狂图一醉，对酒当歌，强乐还无味。衣带渐宽终不悔，为伊消得人憔悴。

——柳永《蝶恋花》

天长地久海枯石烂的爱情存在吗？婚姻之后的爱情，已是陈年的亲情了，不必解释，与生俱来，直至夕阳西下。现在人们最好的幻想是将亲情放入爱情，让爱情淡去，亲情渐浓，小心地让它和孩子一起长大，一起变老。回归家庭，如果有一线的生机，重头来过，把爱情重新放回亲情，那时花若再开，美不胜收。

蝴蝶一生只有一爱，即使飞不过沧海，为了爱，也甘愿忍受破蛹的痛苦。

也许蝴蝶的爱情，带着诗意的迂回，宁可逃脱也不愿触及爱情之后的灵肉分离。

用一生去换一次的爱恋，足够了。愿一只蝴蝶去飞越沧海，沉沦中带着灿烂，双眸中散着光彩。

蝴蝶如此，人亦如此。人生，终究是需要奋斗的。

第四辑

只有香如故

让泪化作相思雨

好雨知时节

　　或许因为家乡在江南，因此，钟情于江南的雨。喜欢那种在沥沥的细雨中不打伞，任清新透亮的雨丝浸湿衣服的感觉。北方的雨一般是狂暴刚烈的，但它也有细雨霏霏之时，可它只是细或柔，少了如烟似雾的形状。而江南的雨，雨雾飘散，烟雾缭绕，许多次落雨，许多次如烟。

　　江南的雨，产生了多少浪漫的故事，多少文人雅士因你拥有了难得的灵感。吟唱着烟雨的诗句，赏着烟雨的"容颜"，仿佛步入了仙境。江南烟雨，一位亭亭玉立的美人，亲切可爱，端庄文雅；又如满天星辰，缥缈恍惚，若即若离。江南的雨，性情中的雨。

　　江南的雨是缠绵悱恻的，像一位多情少女的眼泪，让人丝毫不觉得厌烦；江南的雨是充满诗情画意的，它总让你联想起许多古人名家那些烟雨迷蒙的江南颂曲；江南的雨也是清新湿润的，空气永远是那么新鲜，而江南的翠绿也在这雨中那么的让人心醉、让人神往……

唐诗中的江南烟雨，带着她的温柔细腻，虚幻缥缈，轻盈优雅地走来，就像一位轻盈起舞的江南少女。无论是在梦境的追寻中，还是在脑海的神往里，她始终是朦胧的，宛若仙境……

风花雪月之外，诗人们最青睐的恐怕要算雨了。无论春夏秋冬，无论小雨淅沥，还是暴雨倾盆，只要到了诗人的笔下，就会变得千姿百态，妙不可言。

孔子曰：诗，可以兴，可以观，可以群，可以怨。

崔子曰：雨，可以听，可以观，可以淋，可以怨。

文人墨客喜欢空灵的雨境，而春雨更被诗人们争相吟咏。

> 天街小雨润如酥，草色遥看近却无。
>
> 最是一年春好处，绝胜烟柳满皇都。
>
> ——韩愈《早春》

小楼外的春雨，深巷中的杏花，不知引起人们多少遐思；而小雨里的早春，烟柳中的皇都，更加令人神往。

李商隐也有一篇《春雨》，可谓诗中有画画中有诗："怅卧新春白袷衣，白门寥落意多违。红楼隔雨相望冷，珠箔飘灯独自归。"

一个春雨绵绵的早晨，诗中的男主人公和衣而卧，惆怅中回味最后一次寻访恋人的情景。仍然是对方住过的那座熟悉的红楼，但是他没勇气走进去，甚至没有勇气再走近它一些，只是隔着雨凝视着。不知过了多久，周围的街巷灯火已经亮了，雨从亮着灯光的窗口飘过，宛如一道道珠帘。在这珠帘的闪烁中，他才迷蒙地沿着悠长而又寂寥的雨巷独自走了回来。

说到春雨中的景致，杜牧更是将春雨之美描绘到了极致：

千里莺啼绿映红，水村山郭酒旗风。

南朝四百八十寺，多少楼台烟雨中。

——杜牧《江南春》

不知是不是雨加深了人们心中的哀伤，许多凄婉的诗词中都有雨的影子。脍炙人口的"清明时节雨纷纷，路上行人欲断魂。借问酒家何处有，牧童遥指杏花村"便道出了细雨纷纷、酒入愁肠的悲悼之情。

往事如烟，人生苦短，"时运不济，命途多舛"。当诗人伤春、悲秋、离愁、别恨、寂寞、无奈之时，雨飘然而下，自然成了最契合文人失意与愁苦的物象，具有了特定的感情内涵。

当年，陆游住在西湖边上的一座小楼中，春的脚步随着雨声来到深巷，进入小楼，给诗人带来了一个不眠之夜。想必诗人当时是怀着对春天到来的喜悦而写下了："小楼一夜听春雨，深巷明朝卖杏花。"而同样的情境到了惜花伤春的女词人李清照的笔下，雨却成了摧花的凶手。因此，她写道："昨夜雨疏风骤，浓睡不消残酒。试问卷帘人，却道海棠依旧。知否? 知否? 应是绿肥红瘦! "

对雨的感情确实是因为心境的不同而不同。隐居在江湖上，自称烟波钓徒的张志和，正是深感于自己隐居生活的乐趣，才写下了令颜真卿与众客百和不厌的渔夫词：

西塞山前白鹭飞，桃花流水鳜鱼肥。

青箬笠，绿蓑衣，斜风细雨不须归。

——张志和《渔歌子》

读来甚至可以想象到诗人戴青箬笠，穿绿蓑衣，在斜风细雨中乐而忘归的情境。

雨往往跟悲怨联系在一起。春雨绵绵，秋雨霏霏。当落红无数、春去匆匆、悲风怒号、黄叶飘落、日暮途穷、夜深人静之际，雨像懂得人的情思，点点滴滴地洒落，也一声声地撞击着人的心扉，诗人百感交集，泪水与哀愁同出，读来令人断肠。

当然，在大多数诗人的笔下，雨还是清新明丽、空灵淡远的。比如欧阳修在《采桑子》中写道："群芳过后西湖好，狼籍残红，飞絮蒙蒙。垂柳阑干尽日风。笙歌散尽游人去，始觉春空。垂下帘栊，双燕归来细雨中。"又如柳宗元的《雨后晓行独至愚溪北池》："高树临清池，风惊夜来雨。"夜雨乍晴，沾满在树叶上的雨点，经风一吹，仿佛因受惊而洒落，奇妙生动，真是把小雨点也写活了，充满了情趣。

在喜雨诗中流传最广的要数杜甫的那一篇了：

好雨知时节，当春乃发生。

随风潜入夜，润物细无声。

野径云俱黑，江船火独明。

晓看红湿处，花重锦官城。

——杜甫《春夜喜雨》

"好"字含情，盛赞春雨。"知时节"赋予春雨以人的生命和情感，春雨体贴人意，知晓时节，在人们急需的时候飘然而至，催发生机。多好的春雨！首联既言春雨的"发生"，又含蓄地传达出诗人热切盼望春雨降临的焦急心绪。颔联显然是诗人的听觉感受。春雨来了，在苍茫的夜晚，随风而至，悄无声息，滋润万物，无意讨"好"，唯求奉献。瞧，听雨情景作者体察得多么细致，就连春雨洒洒、静默无声也被诗人听出来了。可见，惊喜于春雨的潜移默化，诗人彻夜难眠。

唯愿春雨下个通宵，又恐突然中止，亦喜亦忧，推门而出，伫立远眺，只见平日泾渭分明的田野小径也融入夜色，漆黑一片，可见夜有多黑，雨有多密。而江上渔火红艳夺目，又反衬出春夜的广漠幽黑，也从侧面烘托出春雨之繁密。尾联系想象之词，诗人目睹春雨绵绵，欣慰地想到第二天天亮的时候，锦官城将是一片万紫千红的春色。花之红艳欲滴、生机盎然正是无声细雨潜移默化，滋润洗礼的结果。因此，写花实乃烘托春雨的无私奉献品格。这份对春雨的喜爱之情描绘得如此细腻逼真、曲折有致，这不能不令人惊叹杜甫洞幽察微、体物察情的功力。

好雨知人意，在大地急需要雨时，雨来了，它好在适时。在人们正酣睡的夜晚，雨无声地、细细地下，不知不觉中柔情地融入大地，化作生命的光泽与亮色，它好在润物无声。雨既是春雨，又是好雨，它知人意，体人心，故令人喜。题目中那个"喜"字在诗中虽没有露面，但"喜"意从罅隙里渗透。

雨作为一种自然现象，一年四季都可以看到它的踪迹。经过唐代诗人独特的人文和宗教体验与刻意营造，具有了丰富的人生意蕴。春天的雨，是最柔和的；夏天的雨，是最激情的；秋天的雨，是最唯美的；冬天的雨，像一位古时女子，很少露面。

雨中有欢欣，雨中有哀怨，雨中有雅趣，雨中有禅思。雨为诗人的生命留下了广阔的抒情空间，从而使我们对它的每一次体验都获得了新鲜的巨大的心理震撼力。

雨是无根之水，孙悟空时常用它来做药引子，看来还是疗伤的好方子。在雨中有一种很奇妙的感觉，雨声或哗啦啦，或淅沥沥，总是有些声响的，却反倒觉得这世界安静得很，真是此处有声胜无声，眼也静了下来，心也静了下来，看来用它来做药引子还真是有些道理。雨稍大些的时候，玻璃窗是模糊的，眼一模糊，心也就随之模糊了起来，一模糊就有些暧昧的味道了。

> 君问归期未有期，巴山夜雨涨秋池。
>
> 何当共剪西窗烛，却话巴山夜雨时。
>
> ——李商隐《夜雨寄北》

她就在眼前，激动、欣喜的感觉立时涌上心头。看那如烟的雨幕，如丝的雨线，听那淅淅沥沥的雨声，再望那烟雨朦胧中的房屋、树木、高楼，似有仙境的气息……轻轻地走进烟雨的世界，撑把小伞，漫步在校园的小路上：可以什么都不想，让万物融于心中；也可以尽情地去想，让记忆的美妙泉涌而现，让想象的翅膀翱翔天际；还可以静静地去思考，让灵感的闪现来领悟人生的真谛——一切都是美好的，生命却是短暂的，珍惜拥有，相信未来，热爱生命……

深夜，幽幽暗寂，细雨绵绵不断，犹如情丝。此雨当是相思雨，此情相思到何时？一宿清雨，清天净地。霎时间，胸中郁结烟消云散。

听雨是一种享受，是一种回归自然的感觉，一种远离喧嚣的静寂，一种无拘无束的放松。可能是压抑太久，或许是紧张太久，终于在午后听到了雨声，看到了精灵，嗅到了清爽。

夜晚的雨声，清晨的花香，恬美，宜人，清绝，典雅，如一幅精致的宋代工笔画卷。窗外细雨纷飞，芭蕉翠绿逼人，叶端的雨珠冰凉如泪。沾湿了的一袭素衣，两袖花香轻舞。细雨如青丝，青丝如琴弦，失神的眼睛拂不倦五弦箜篌。一声呢喃，穿不透这霏霏轻烟。轻叹后，双唇合住了满天的烟雨。湿透了的心也只待梦中去解读。夜把思念在檐滴里开出声响。梦回里，愿远处清街足音为己跫然，想门环訇然如钟……晨霭慵困踱来，阶檐苍苔，落花如缀。来世也只此一回。

画船听雨，深巷杏花，二十四桥经年的月明，也许只是遥远的记忆，三分入画，七分羽化。天光云影，野渡横舟，西陵下宿命的伫望，且醉作一砚梅香淡墨，一半凝魄，一半氤散。

穿越那千年前记忆的殿堂，踏着远古的遗风向你走来，只为了千年前的后世之约，让此生还我们当初那份擦肩而过的美丽……

遗忘了悠悠经年，淡却了生死宿命，烟雨红尘中，唯愿得一夕宁静，泛舟于九曲流觞，看日出江花，春来蓝滢，心无尘杂，一怀空明。

潇湘竹上非泪，三生石上无字，梦碎江南烟雨，只不过因了缘浅如水。

有时候，缘分的湮灭，也是缘分的起始，有时候，一个放弃，不经意间，也便成就了一个不朽。

海不会枯，石不会烂，天不会荒，地不会老。江南烟雨中的伴随，只为终此一生的不离不弃。

张小娴说，其实爱情本来并不复杂，来来去去不过三个字，不是说"我爱你""我想你"，便是"算了吧""你好吗""对不起"。

现在的我们，往往因为怕负担太多的责任，宁愿相信自己还不懂爱情；因为怕受到太多的伤害，宁愿把心封闭，用怀疑的眼神面对世界。是理智也好，自私也好，却都无从说起……

想起喜欢雨，最初竟是因为喜欢阴天。并不喜欢暴露在所谓明媚阳光下的自己，太绝对的清晰，往往感觉失去了那种叫作安全感的东西。就像是昨天的爱人变成今天的敌人，有时只是因为靠得太近的缘故。

梦里又一度，雨落纷纷……

雨中走着的还是那个孤独的身影，不知是谁在远处轻轻地唱着：满目山河空念远，落花风雨更伤春，不如怜取眼前人……

我们时常被周围的事物感动着，我们也时常感动着自己。雨丝，雨意，雨泉，雨瀑，不管哪种形式的感动，都有它的意义。感动于黄昏时刻的夕阳，它让人的情感得到释放，感动于每日清晨初升的朝阳，可最后还是将喜欢定格在雨的身上。

雨帮你还原了自己。此时好像可以把心中的隐痛释放，与滴答滴答的雨融为一体……

月华如白练

江畔何人初见月

.

今夜不是十五，月亮却依然皎洁。站在窗边，没有古人那高处不胜寒的感慨，看着月光下耸立的高楼，天空闪亮的星光，心情豁然开朗，无比惬意。好久不曾有这样的感觉了。

望着神秘的月亮，自古神话的源泉，诞生出多少美丽动人的故事，叫人难以忘怀。神秘的面纱使它成了古往今来人们诉说的对象。这个多情的天体，成了众人向往的归宿，有了月下的山盟海誓，把酒解愁和挥笔而就。

迎着徐徐清风，任思绪飞扬。静得只有几颗星星伴着月亮，灯火伴着高楼，它们默默地交流着，言谈都市的繁华、历史的兴衰与变迁。静静地听着，感受着，享受着都市喧嚣后的宁静，难得的宁静。整理着杂乱的思绪和情感，洗刷着疲惫的灵魂。远比身体上的享受更加快乐。

美好的月夜，无限的情怀，月亮遥远，思绪更远，喜欢这样的氛围，把自己放入尘世的另一边，融入苍穹。化成宇宙中的一粒尘埃，四处游荡。虽然变得无比的渺小，但心灵变得更长远、更宽阔！

朱自清的《荷塘月色》在心头荡漾波动："月光如流水一般，静静地泻在这一片叶子和花上。薄薄的青雾浮起在荷塘里。叶子和花仿佛在牛乳中洗过一样；又像笼着轻纱的梦。虽然是满月，天上却有一层淡淡的云，所以不能朗照；以为这恰是到了好处——酣睡固不可少，小睡也别有风味的。月光是隔了树照过来的，高处丛生的灌木，落下参差的斑驳的黑影，峭楞楞如鬼一般；弯弯的杨柳的稀疏倩影，却又像是画在荷叶上。塘中的月色并不均匀，但光与影有着和谐的旋律，如梵婀玲上奏着的名曲。"作者将流动的月光与月影如音乐一样演奏出来，如诗如曲。

其实，这不是朱自清的发明，古人早就有了赏月中的"听月""响月"之说了，《金瓶梅》描写花园的一段中就有"……又登一个大楼，上写'听月楼'"。恩格斯也曾对感官有一段论述，大意是说，嗅觉和味觉是同源、同类的感觉，视觉和听觉所感知的是物质的波动。

苏轼心寄明月，将自然、人生和神话天衣无缝地合为一体。旷达的胸怀使他禁不住发出期盼："但愿人长久，千里共婵娟！"

中秋那天，苏轼痛痛快快地喝了一整夜酒。在酩酊大醉中，他写了这首词，既是遣怀，又是用这首词来表达他对弟弟苏辙的想念。幻想和现实，出世与入世，两方面同时吸引着他。相比之下，他还是更希望能够立足现实，因为他热恋人世，觉得有兄弟亲朋的人间生活更加温暖亲切。月下起舞，光影清绝的人生境界胜似月底云阶、广寒清虚的天上宫阙，在尘世间一片光明。

明月如镜，映照寰宇，也映照我们的心灵。千百年来，我们吟唱着它，在花前月下与亲朋相聚，在异地他乡思念故乡亲人。一曲《水调歌头》，承载着世间诉不尽的豪情与离恨。

古代为官清正廉洁、敢于直谏、不与世俗同流合污的正直文人，往往逃脱不掉被贬官流放的命运。因而古诗中这类题材的作品数量就很可观。而月亮这一审美物象，便成为一种美好的象征出现在他们的作品中，抒发他们对人生变幻无常的感慨。如苏轼的《卜算子》："缺月挂疏桐，漏断人初静，谁见幽人独往来，缥缈孤鸿影。"这首词写于他被贬黄州之时，咏一只孤独寂寞的鸿雁。词的开头，便用缺月、疏桐等景物渲染了一幅凄清、幽冷的气氛，为下文孤鸿的出现设置了特定的场景。诗人借对这只离群失伴、形单影只的孤鸿的描写，表现了自己在受政治迫害后孤独的处境和悲伤的心情。这首词和他同一时期的作品《记承天寺夜游》有异曲同工之妙。那"何夜无月？何处无竹柏？"的发问，正是这种处境和心情的真实写照。

南唐后主李煜的《相见欢》："无言独上西楼，月如钩，寂寞梧桐深院锁清秋。"这里，词人用如钩的残月渲染了一种凄惨、暗淡的意境，烘托他国破家亡的悲伤心情。那冷冷的月光，既照见了愁人"无言独上西楼"，也照见了失去的"三千里地山河"。这一切在冰凉澄澈的月光下失去了任何遮掩，不容人不正视这严酷的现实人生。

　　想人生百年，匆匆过也，唯有这江月淡泊寡情。千年如此，亘古久已。然而细思之，这月却是有情。不然，这寂寞红尘中，为何都喜欢对月感怀？月神之情，又岂能等同于凡夫俗子。

　　今人不见古时月，今月曾经照古人。古人今人若流水，共看明月皆如此。

　　相传，远古时候，天上出现了十个太阳，晒得大地冒烟，海水干涸，民不聊生。

　　一位名叫后羿的英雄，为了让百姓不再受苦，登上昆仑山顶，运足神力，拉开神弓，一气射下九个太阳，并严令最后一个太阳按时起落，为民造福。

　　后羿立下盖世神功，因此受到百姓的尊敬和爱戴，不少志士慕名前来投师学艺。不久，后羿娶了一个美丽善良的妻子，名叫嫦娥。后羿除传艺狩猎外，终日和妻子在一起，人们都很羡慕这对郎才女貌的恩爱夫妻。

　　一天，后羿到昆仑山访友求道，巧遇由此经过的王母娘娘，便向王母求得一包长生药。据说，服下此药，能即刻升天成仙。

　　然而，后羿不舍撇下妻子一人，便把长生药交给嫦娥暂时珍藏。嫦娥将药藏进梳妆台的百宝匣里，不料被徒弟蓬蒙所见，想偷吃长生药成仙。

　　三天后，后羿率众徒外出狩猎，心怀鬼胎的蓬蒙假装生病，留了下来。待后羿率众人走后不久，蓬蒙手持宝剑闯入内宅后院，威逼嫦娥交出长生药。嫦娥知道自己不是蓬蒙的对手，危急之时她当机立断，转身打开百宝匣，拿出长生药一口吞了下去。

　　随即，嫦娥的身子飘离地面，飞出窗口，向天上飞去。由于嫦娥牵挂着丈夫，便落到离人间最近的月亮上成了仙。

　　傍晚，后羿回到家，侍女们哭诉了白天发生的事。后羿既惊又怒，抽剑去杀恶徒，蓬蒙早已逃走了。后羿气得捶胸顿足，悲痛欲绝，仰望夜空呼唤爱妻的名字。这时他惊奇地发现，今天的月亮格外皎洁明亮，而且有个晃动的身影酷似嫦娥。他拼命朝月亮追去，可是他追三步，月亮退三步；他退三步，月亮进三步，无论怎样也追不到跟前。

　　后羿无可奈何，又思念妻子，急忙派人到嫦娥喜爱的后花园里，摆上香案，放上她平时最爱吃的蜜食鲜果，遥祭在月宫里眷恋着自己的嫦娥。

　　百姓们闻知嫦娥奔月成仙的消息后，纷纷在月下摆设香案，向善良的嫦娥祈求吉祥平安。从此，中秋节拜月的风俗在民间传开了。

　　嫦娥飞到月宫后，住在凄清冷漠的广寒宫内，十分思念后羿。她的心境和生活令不少文人骚客感慨和遐想。其中唐朝诗人李商隐的《嫦娥》深刻地表现了她的寂寞和悔恨：

　　　　云母屏风烛影深，长河渐落晓星沉。

　　　　嫦娥应悔偷灵药，碧海青天夜夜心。

　　　　　　　　　　　　　　　　——李商隐《嫦娥》

　　这月不是你梳妆的镜吗？月中的倩影不是你吗？你是否感到了寂寞呢？深

深的广寒，锁住了你的人，锁得住你的心吗？未上离恨天，难逃俗世情。所谓仙娥，你不也是天生的情种吗？透明的双眸流出这漫天的月色，点点忧愁，淡笼乾坤。你哭了，滴滴清泪滚落你的明眸，散在天地间化作闪耀的星……

"明月出天山，苍茫云海间，长风几万里，吹渡玉门关。"想这苍莽天山，浩浩云海，万里长风，也不过是这月亮的陪衬而已。若无一轮皓洁秋月，莽莽青山有什么雄浑，无边云海有什么缥缈，万里长风又有什么苍凉……

在中国的文化里，月亮一开始就不是一个普通的星体，它伴随着神话的世界飘然而至，负载着深刻而又深沉的文化内涵，从而也有了文化属性上的"中国月亮"。

在月光世界里，中国人那根极其轻妙、极其高雅而又极其敏感的心弦，时常被温润晶莹流光迷离的月色轻轻拨响。一切的烦恼和郁闷，一切的欢欣和愉快，一切人世间的忧患，一切的生离死别，仿佛都是被月亮无端招惹出来的。而人们种种的缥缈幽约的心境，不但能够借月相证，而且能够在温婉宜人的月光世界中得到。淡淡的月光世界不仅仅反映出人的审美境界和意趣，也反映出中国文人的心理构成。

咏月诗在古典诗歌中占有非常独特的地位，月亮可以说是古代诗人最偏爱的意象。以月圆比喻团圆，以月缺比喻离别；月亮被寄寓了丰富的内涵，思念家人，思念故乡，最具代表性的是李白的"床前明月光，疑是地上霜。举头望明月，低头思故乡"。还有的将月亮视为爱的象征：

春江潮水连海平，海上明月共潮生。

滟滟随波千万里，何处春江无月明。

江流宛转绕芳甸，月照花林皆似霰。

空里流霜不觉飞，汀上白沙看不见。

江天一色无纤尘，皎皎空中孤月轮。

江畔何人初见月，江月何年初照人。

人生代代无穷已，江月年年只相似。

不知江月待何人，但见长江送流水。

……

——张若虚《春江花月夜》

张若虚一定是了解月亮的，更是了解人情，了解人心，了解人生的，在他的诗歌视野里，月与春这个时令，与江这种流质，与花这种色块，与夜这种氛围，相互缠绕，相互牵连，一切都是天成，一切都是为人的静心观照所设。

还有的将月亮作为纯洁无瑕的象征，进而引申为晶莹剔透的境界，以自然的纯洁对应人类心灵的纯洁，李白的《玉阶怨》："玉阶生白露，夜久侵罗袜。却下水晶帘，玲珑望秋月。"把月亮作为最美好、最纯洁的象征。

中国人的人生观是一种艺术的人生观。月亮作为一种物我两忘、契合天机的神秘启示物，参与了中国士大夫的人格塑造。"万古长空，一朝风月"是中国人神往的艺术境界。只有那江上之清风与山间之明月，耳得之为声，目遇之成色，取之不尽，用之不竭，是造物者的宝藏。

千百年来，悬于高天的一轮明月不仅照亮了神州大地的万里山河，也照亮了华夏无数诗人词人们的灵感，使得他们笔下的月亮如同高空中的皎月一样，千秋永照，万古恒辉！

月亮就像是一颗清冷的泪，乡愁的泪。"露从今夜白，月是故乡明"，一生流离的杜甫写下这句诗时，一定"白头搔更短"，一定"凭轩涕泗流"，回首走过的路程，"飘飘何所似，天地一沙鸥"，看到明月，便想起故乡，你是否也会觉得"月是故乡明"呢？不！只因为是故乡的月亮，只因为乡愁无时无刻不在萦绕。然而故乡在哪里？对杜甫而言，处处是故乡，又无处是故乡，只有把满腔乡愁寄托在月亮身上。

> 海上生明月，天涯共此时。
> 情人怨遥夜，竟夕起相思。
> 灭烛怜光满，披衣觉露滋。
> 不堪盈手赠，还寝梦佳期。
>
> ——张九龄《望月怀远》

对浪迹红尘的柳永来说，一弯残月便是其凄凉人生的写照，"杨柳岸，晓风残月"，一天清晨，醉酒的诗人醒来，看见杨柳拂岸，一弯残月若隐若现，只是不见了身边的知己，一种凄凉之感油然而生。

"任是无情也动人"这虽不是写月亮的，但是，写月亮也很合适。月亮是无情的，淡看万丈红尘中的人对着它如此爱，恨，痴，它始终无动于衷。任是人间沧海浮沉，人世变换，它也只循规蹈矩，该圆时圆，该缺时缺，不会因谁人、谁事而乱了方寸。

无意间想起有关月亮的漫画，几米的《月亮忘记了》，说的是有一天月亮失忆了，忘记了自己飘浮的本领，忘记了自己的责任，迷失在人间。从此不再升起，于是人们的生活被这种变化彻底打乱了……小男孩无意间遇见了月亮，他们成了好朋友，一起玩耍，一起旅行。后来小男孩虽然舍不得他的这个朋友，却还是帮助月亮寻回了遗忘的记忆，于是月亮回到了天上。

看着小男孩牵着月亮到处玩耍的画面，带着月亮四处寻找记忆的画面，山林、草原、大海、楼顶、公园，一点点地寻回月亮失去的记忆，虽然辛苦，但有乐趣。

"生命中，不断地有人离开或进入。于是，看见的，看不见了；记住的，遗忘了。生命中，不断地有得到和失去。于是，看不见的，看见了；遗忘的，记住了。然而，看不见的，是不是就等于不存在？记住的，是不是永远不会消失？"

月亮的记忆慢慢地恢复，但它却再也无法回到男孩的家。月亮飘到窗外，看着熟悉的景物，着急地发出低沉的呜咽，男孩更是难过得俯在墙角大声哭泣。

　　"我守护如泡沫般脆弱的梦境，快乐才刚开始，悲伤却早已潜伏而来。"往往快乐的同时，悲伤也会悄然而至。我们无力阻止，就像我们无力阻止时间停滞一样，多么无奈！

　　月光天生让孤独的人更孤独，让失意的人更失意，让忧伤的人更忧伤，让凄凉的人更凄凉。

　　若没有这明月，不知唐诗宋词里要少了多少经典流传的作品呢！

　　若没有这明月，恐怕人生也无趣了。

　　然而有趣无趣，也终不在这月亮，关键是，在人们广袤无垠的心海上空，是否悬挂了一轮皎洁光明的月亮……

夕阳遐想

夕阳无限好

夕阳西下，霞光点点，弥散于广袤清冷的天空中，其绚丽，其凄美，其高傲，无限美丽。

> 一道残阳铺水中，半江瑟瑟半江红。
>
> 可怜九月初三夜，露似珍珠月似弓。
>
> ——白居易《暮江吟》

捡一枚刚从枝头吹落的枫叶，一片去秋染红的精灵，夹在书中，感受着黄昏的辉煌和夕阳的壮丽，发现生命的轮回其实就在眼前。就这样，不知不觉中让思绪裹进了那渐渐淡出的晚霞，体验着一种天赐的超然，宁静，高贵之美。

喜欢夕阳苍凉的华美，流金溢彩，整个世界犹如香醇的美酒，让人迷醉。

远望夕阳，不免感怀古人的悲凉。阳光折射变幻的云，像仙女舞动彩练，深不可测的虚幻，绵延着空旷与梦想。

夕阳的霞光布满了整个天空，遮盖了天空原本的色彩，那种气势好像要把她的温情注射到每一个角落，用她的温情给热恋中的人们增添浪漫，让寂寞的人们不再感到孤独。美得让人陶醉，心驰神往。

那留在天边的最后一抹嫣红，如梦似幻，像一层层轻纱飘逸在天空。如血的残阳在天边缓缓地坠落，万丈霞光把周围的云彩染得五彩斑斓，云霞不断地变幻，色彩也在慢慢地黯淡，最后取而代之的是无尽的黑暗。梦幻般的美景在短短的几分钟内便悄然消逝，留在天边的最后一丝光亮更让人觉得心痛。

当黄昏张开金色的羽翼掠过天际，青碧的草儿合拢了双臂准备闭上蒙眬的睡眼，夕阳便醉成了一轮酡红，披上绚烂的睡衣沉沉下落了。晚霞在天空裙裾飞扬，曼妙的舞姿不断地变幻，穿过一件件五彩的纱衣，终于满意于一套淡紫的裙衫，在飞扬又飞扬之后，舒展双臂，随夕阳飘落。

黄昏的天空，整片天就像是被血渲染的蓝绒，一股令人绝望的美丽。静静地站在旷野之上，看着血色的云霞托着即将消逝的红日，一如那些过往的时光。灰色的飞鸟扇动着翅膀牵动我的视线，它们是否也有意无意地偷听了风的诉说？时间嬉笑着，在我的青春打马而过。这样一种景，壮丽得让人心疼。

置身在夕阳笼罩的氛围中，周身泛起一股清新舒适的暖意。夕阳，它没有红日高升时的刺眼，没有晚月倒挂时的寂寥，没有暴风骤雨时的伤痛，它只有一份纯洁的美丽，只有一份宁静的美丽，使我的眼里充满了神气。

夕阳是一盏灯，告示着入夜，照亮人们暖黄的心房。夜来后都市是美的，人声鼎沸了孤寂，华灯驱赶了荒凉。乡野底色陈迹，人的洒脱，随霓虹闪耀。秋来了又去了，冬却如常羞涩，不愿登场。车流似河，每一次停顿，在距离间回转、点击着对生活的收藏。视觉里街道有线条流淌，摄影师的河披上了盛装，那是人们眼中对生活快门的一种持久，摁住的是岁月，是妖娆，是沉浸，是飞翔。

一群归巢的鸟在天空写下流动的音符，衬在浅蓝淡紫的天幕下成寒鸦万点。它们交流着一天的收获，互相抚慰着白天的劳累，渐飞渐远。风儿拂过树梢，树伸着懒腰，慵懒地走向梦的深处。草野和远山披上薄雾的纱衣，发出均匀的胎息。大地搂着山石与草木，合上了眼睑，睫毛上还挂着点点泪滴。

黄昏之美不仅在于它独特的景致，更在于它有着丰富的情感。在漫天灿烂红艳的晚霞里，在将要来临的黑夜里，人类那丰富的情感也如星子般闪耀着它各色的光芒。西边的天空上，此刻正飘浮着大片大片的云朵，互不粘连，争先恐后地变幻出各种形状，在楼顶上憋足了劲烧得绯红，像初恋中少女的面颊，羞涩而灿烂。金色的霞光，像闪着白色柔光的剑一样从云缝里刺出来，直直地伸下去。南边和北边的云层中间，色彩丰富莫辨。如此梦境，连风也禁不住安静了下来，悄然无声。

　　我是一朵浮云，黄昏里的云，我追逐着夕阳的美丽，来打扮自己的衣装；我贪恋夕阳的余晖来抚慰自己受伤的心。但我的快乐是有限的，因为她不能持久给予我温情，她终究要到另一边去照亮她的另一半。我为了追求那一刻的美丽，无怨无悔地付出着自己的生命。是的，或许你会说，生命中有一瞬间的美丽也就足够了，但这一瞬间的美丽过后，浮云将是挣扎在怎样的黑暗与残酷的自我折磨之中！然而我却傻傻地徘徊在那里。

　　追随着夕阳的脚步，目光渐渐下移。最终就这样平视着它，感觉彼此毫无距离，只有一份眷恋温暖于心。视线里的金黄稀释掉心中无数郁结。所有的遗憾似乎都在瞬间被包容。释放心灵感怀着生命，人生何尝不充满很多无可奈何。就算曾经再美，也终究不可能一帆风顺，最终还是会掉进那个无休止的循环。但夕阳逝落后却可以重新奋起，决然冲破吞噬它的黑暗，化作一缕朝阳，给世间留下一道新的希望。

　　　　向晚意不适，驱车登古原。

　　　　夕阳无限好，只是近黄昏。

　　　　　　　　　　　　　　　　——李商隐《乐游原》

　　相传，董鄂妃生出的四皇子，顺治称他为"朕第一子"，并祭告天地，接受群臣朝贺。但生下不到百日，小阿哥就夭折了，这对顺治的打击很大。

　　董鄂妃终日郁闷，有一天，她逛御花园时，望着紫禁城的北方，说道：

"臣妾听说北国有一仙境，曰'天阙'。上有奇花名曰'夕阳'，希望可以得到它。"顺治帝因董鄂妃的一句戏言，竟不顾群臣所阻，欲派将军前往取之。

天阙位于北方的尽头，长年与世隔绝，山顶终年积雪。与山顶不同的是，山腰上长满各种奇花异草，竟不受时令所左右，在同一时间开放，令人叹为观止。其中，最负盛名的是夕阳花。世人都希望得到天阙上的奇花异草，所以，他们都不惜一切地前往天阙。

但是，真正诱使世人前往天阙的原因，则是因为天阙上的银发花匠女子。她的容颜百年不变，如同仙人一般。见到她，才知道什么叫作鹤发童颜。天阙上的花花草草，都是由她护理的。但是，天阙上的花草，从不外卖，只赠予有缘之人。也正是由于如此，去往天阙的路人有增无减，铜城由此而兴。

通往天阙的路人人都知道，但是，一旦到了黄昏，就不能再前往天阙。整个天阙是被一片大森林给包裹着的，而铜城就位于这座森林的正南方。这片森林在白天是没有什么异常的，但是一旦过了黄昏，就会变成一座天然的大型迷宫，夺人性命。

这天，银发女子依旧侍弄着天阙上的花草。忽然间，女子抬头看了一下天空，笑了一下。他应该快到了，很快。

将军是一个人上路的。他没有带上任何一个人。因为谁都知道，这是一条死路。夕阳花，日落时分，夕阳花开。而要将夕阳花带出天阙，则必须在它花开之时。"君要臣死，臣不得不死。"这只是因为自己是纪律严明的军人？有谁不知道关于天阙的传说，有谁不知道关于天阙最负盛名的夕阳花？

在铜城里最靠近天阙的森林入口处的一间小酒馆，将军喝了一下午的酒，桌上横七竖八地躺着许多空酒坛。为什么自己喝再多也不会醉？是不是快要死的人都是这样的？应该是吧。

终于，黄昏即将来临。将军起身，离去，欲要前往天阙。

店小二一看不妙，立刻上前阻拦："客官，客官！你等一下！"小二跑出去追上了正要赶路的将军。

"银子不是给了吗？"将军有些不悦。

"不是的。"小二在苦笑，自己要帮他，怎么好像惹着他了？"客官有所不知，现在已经将近黄昏，不能再前往天阙了！"

将军看了店小二一眼，目光变得十分犀利，他厉叱了一声："滚！"头也不回地大步走向天阙。店小二看着将军离去的背影，摇了摇头。唉，又多了一个死人。

但是，谁也没注意到，在他们争执之时，有一个十三岁左右的少女溜进了前往天阙的森林。一路上，谁也没遇见谁。

银发女子听见身后传来了"沙沙"的在草丛中行走的声音，她知道，他已经到了。但是，她没有回头，而是继续护理着她的花草。那是一朵不起眼的黄色的花骨朵。

将军一看就知道这个银发女子就是自己要找的人。他向她行礼，然后说道："可否将'夕阳'赠予在下？"他不打算在这里拐弯抹角。

可是，女子并未回过身看来人，而是站了起来，看着不远处的小草。将军有些疑惑，或许，这女子本来就有怪癖吧？没多久，女子转过身向将军走去，她的确很美，同周围的山色融为一体，宛如一幅画卷，有天成之美。他同她擦身而过，将军还是站在原地不动。

"这不是夕阳花吗？"清脆的少女声音划破了天阙的宁静，一个十三岁左右的少女蹦蹦跳跳地跑了出来。

"小姑娘，你认识夕阳花？"将军有些惊诧地问。

"嗯，娘说我出生在夕阳花开之时，也就是黄昏，所以替我取名为夕阳。"少女孩子般天真的笑容洋溢在她的小脸上，她指着一朵黄色的小花，脸转向将军应道。刹那间，将军有些看呆了，但马上脸色又阴沉下来。

"你没听说过什么吗？"将军问道。

"听说什么？"少女有些疑惑地问。将军没有再说什么了。

刚才离去的银发女子这时又回来了，手里还多了两盆花，就是刚才那个叫夕阳的少女指的那种花。

女子将其中的一盆给了少女，少女道了声谢就溜走了，全然不知手中的花已经开始绽放！将军来不及阻止，少女早已消失不见了。他将腰间的佩剑滑至手中并指向女子："你是知道的！为什么这么做？她还是个孩子！"

女子的脸色没有丝毫改变，她还是看着手中的花儿，目光变得深邃，久久才说道："那是你们自己想的。"声音十分缥缈。

将军愣住了，手中的剑抖了一下。女子将指向她的剑用手轻轻移开，将手中的花放到了将军的手里，离去，留下了木愣的将军。

在铜城里，将军又看见了那个叫夕阳的少女，原来，她是住在铜城里的人。将军回城，将夕阳献于帝，告老还乡。董鄂妃见此花，终日以泪洗面，不久，死于顺治十七年（公元 1660 年）。顺治帝哀痛至极，亲制行状悼念，追谥为孝献庄和至德宣仁温惠端敬皇后，康熙二年（公元 1663 年）六月，顺治帝辞世，与其合葬孝陵（清东陵）。

树叶无声地飘落，在夕阳中舞蹈。背后，却是挂不住的沉落。一种美丽的脆弱洒在脸上，似乎在预示着宿命的到来。轻轻地抚慰，止不住流动的忧伤。天水之间，一片绯红。绝美的风景投射出来的却是最凄凉的无奈。

突然很感动，感动于夕阳的执着和无私。无论如何落寞，就算即将被黑夜吞噬，它依然在不依不饶地堆砌着生命的美好。没有任何誓言，也不需要任何鼓励，它却始终恪守着这份永恒的执着。

喜欢夕阳的那种格调，那种接近尾声的悲剧性的美，总在不经意间震撼人心。夕阳之美犹如昙花一现，是太阳即将落山的那刻对这个世界最后的恩赐，这瞬间的美丽已成为永恒的精彩，因为它已经把它最美好的一面留给了人们。

上帝奉献给世人，几多壮观，几多惆怅。世态炎凉，人情冷暖，变化真是无常；而夕阳带着它华美的苍凉永远地俯照大地。夕阳渐渐消失于天末，忧愁的黄昏吞没了寰宇，大地沉沉，苍穹凄黯。夕阳之后便是朝阳。它代表着希望，代表着未来。

千古一瞬，逝者如斯，一切的过往都如眼前这留不住的夕阳，将刹那间绽放的美丽都化作了永恒的思念。夕阳，它教会了世人一个深刻的哲理。它的光芒，渗入了世事沧桑。夕阳的柔情，让你嗅到了爱的芬芳；夕阳的恬静，让你感受到了生命的绿光。我愿化作一缕清风，追随夕阳的脚步，奔向她的家乡，那里一定是一个美丽而富饶的地方。西沉的夕阳，留给人以遐想，从容不迫，晚霞满天，辉煌灿烂。陶潜说："山气日夕佳，飞鸟相与还。"谢朓说："余霞散成绮，澄江静如练。"王维说："大漠孤烟直，长河落日圆。"王勃说："落霞与孤鹜齐飞，秋水共长天一色。"高瞻远瞩，迭翻新声，化惆怅为超脱，变感叹为奋发。朱自清说："但得夕阳无限好，何须惆怅近黄昏。"叶剑英说："老夫喜作黄昏颂，满目清山夕照明。"

不要感叹夕阳的短暂，因为这只是地球围绕着太阳转动的自然现象。明天，太阳依然会从东边升起。夕阳之所以美丽，晚霞之所以绚烂，何尝不是为了明天，这难道不也是人生的一种提示吗？

水中缘

波随月色净

　　喜欢阳光灿烂的日子，因为温暖；喜欢下雨的日子，因为有诗意。一片阳光，可以照进每个人的心灵，驱走黑暗与忧虑；一场雨，可以洗去一身的疲倦与尘土，让纯净的雨水冲刷出一个清新的世界。

　　　　列名通地纪，疏派合天津。

　　　　波随月色净，态逐桃花春。

　　　　照霞如隐石，映柳似沉鳞。

　　　　终当挹上善，属意澹交人。

　　　　　　　　　　　　　　——骆宾王《咏水》

　　固态的水坚硬而冷漠，却暗藏着脆弱的本性；气态的水热烈而轻浮，暗示着易逝的特征；唯有液态的水，才能够充分展示出水的特征：以柔弱为表象来掩饰强大——以柔克刚，以顺势为常态，当然无往而不利！

英雄喜山，雅士喜水，文以载道，地以文传，多少名胜古迹、名山大川都是以那样的方式扬名的，无论是黄鹤楼上的诗词，还是岳阳楼上的歌赋，和文化有关联的，就和水有了关系。水生纹，纹亦文，所以文人都喜欢水。浊水可以沉淀，历史可以沉淀，文化可以沉淀。文人谈武，武人谈文，有月下谈禅之逸致，有花前说剑的豪情，有哀悯天下苍生之慈悲，有笑对未来之壮志。

水是生命的命脉，水是历史的命脉，水也是文化的命脉。

水既是生命的象征，也是力量和激情的象征。文人用水的寓意来写文章，是一种无法摆脱的情结。水是一种象征，水可以承担的寓意很多。因为大禹治水的缘故，大禹的形象才具体起来，因此奠定了中华文化的人格精神，成就了一种民族精神，成了一种人格中的美德。孔子之水有"乘桴浮于海"的悲壮宏伟之愿；屈原之水则选择了临水而死的方式，旨在申明"举世皆浊我独清，众人皆醉我独醒"的信念。在文人的世界，高兴有水，失意也有水。水与漂泊有关，水与失意有关，水与幽怨有关。

"知者乐水，仁者乐山"，山太高，人有所不及。水却是仁者士大夫们栖息把玩的乐园，他们陶然忘情于其中，可以暂忘尘俗杂务，促饮泛舟，以浇胸中块垒。"人生在世不称意，明朝散发弄扁舟"，表达了文人放足江河湖泽的隐者风范，可浩渺之水，涤荡不尽他心中的忧愁。"子在川上曰：逝者如斯夫，不舍昼夜。"反映老夫子借流水，感叹光阴荏苒，人生苦短。严沧浪那句"清清之水濯我足，清清之水濯我缨"，仿佛他要做出淤泥而不染的君子。不可忽略苏东坡，这位写出"惊涛拍岸，卷起千堆雪"的大文豪。李清照无奈地倾听冷雨滴芭蕉，戴望舒在雨里等丁香般忧愁的姑娘，徐志摩对着康桥的水诉说无限深情……

> 契阔死生君莫问，行云流水一孤僧。
> 无端狂笑无端哭，纵有欢肠已似冰。
>
> ——苏曼殊《过若松町有感示仲兄》

情僧、诗僧、画僧、革命僧，人们给苏曼殊太多的殊荣。然而，对于这个名字，现代青年都已经有些淡忘了，也许他只属于那个风雨飘摇的20世纪初。他以才情、胆识、特立独行的个性，让时人感叹文采风流皆不能出其右。直到今天重新审视他的时候，仍觉得他极像是一颗耀眼的流星，瞬间划过天空，留下了凄美绝伦的光晕。

"人间花草太匆匆，春未残时花已空。自是神仙沦小谪，不必惆怅忆芳容。"这是苏曼殊写的一首诗，无疑是他一生的剪影。他多愁的性情恰逢多变的世事，身世凄恻动人。

他死后葬在杭州西湖孤山北麓的西泠桥南面，西子湖畔的湖光山色伴着他长眠，足够暗合他浪漫的气质，没想到南齐才妓苏小小的墓却在西泠桥北面，两坟遥遥相望。"谁遣名僧伴名妓，西泠桥畔两苏坟。"一情僧，一才妓，穿越时间的长空，相伴慰藉，都该不再寂寞！斯人已逝，断章零落，卷舒卷合之间，多少悲欢离合。夜阑人静，灯火昏黄，拂去落在心头的漫漫烟尘，融入他那凄苦悲怆的红尘逆旅，感受那一时代的气息，落寞、孤寂、枯荒。

西湖水，自古就与文人骚客挂在一起，烟雨蒙蒙里消逝的苏小小，漂泊坎坷的白居易，早生华发的苏东坡。还有数不清的神话佳话都出现在了这个湖边。

相传，越王勾践灭了吴王夫差后，垂涎西施的美色，想据为己有，越后得知提前动手，下令秘密处死西施。结果西施竟然被人捆着大石坠入西湖，香消玉殒，斯人长逝。西湖自然也就有了她的影子。这湖水，哀怨深幽，一望无穷，水碧山绿，波光粼粼。既有天生丽质的神韵，又有后天改造的巧夺天工。

文人士大夫们对水的眷恋，不逊于女人。水，赋予了女人以感性美的同时，也在激荡着文人士大夫们的浪漫才情，为他们的情感寄托、人文关怀，提供了千古吟唱的佳品。

最有名的有白居易的《长相思》，他写道："汴水流，泗水流，流到瓜州古渡头，吴山点点愁。思悠悠，恨悠悠，恨到归时方始休，月明人倚楼。"诗人借水表达一个思念的主题，夜眠人未眠，明月夜，人倚楼，一种相思一夜愁。

　　水，生命的源泉；女人，上帝的杰作。女人因水而美丽，水因女人有所附丽。《洛神赋》中凌波伫立的仙子，因波浪衬托出她的美丽；杨玉环的凝脂玉肤，多得益于每日华清池的沐浴。由此可见，女人之美，须臾离不开水的浸淫、水的滋润。她们内蕴着水的钟灵秀气，又充盈着水的绵延张力。

　　水，玲珑剔透，晶莹润泽，还有什么比你更像天下至纯至真至善至美的女儿心？柔水可以滴穿坚厚的磐石，劈开阻路的山岭，这就是女人爱的力量所在吧！镜花水月，多么曼妙而空灵的意象。水做的女人是不是由于此，才把平静无波的水当作自己的镜子？从此也让自己走进了镜花水月。

　　想起上古第一个把水当作镜子的女人。她也许是刚刚在湖边濯完纤纤的玉足，欲离去待回首却为水中如此艳丽的容颜而惊呆。她便有些羞涩地垂下眼眸来轻洗自己如云的长长秀发。从秋水之湄的伊人到顾影自怜的黛玉，千年还是没有梳完。这便剪作男儿珍藏在心底最深处的风景。

　　三毛谓女人为钢琴，不同的人会奏出不同的音符。女人的软弱，柔顺，清丽，多变，从本质上说，与水的特性有相似之处。女人柔顺时，是风平浪静的港湾，是波光潋滟的西湖；女人忧郁时，如湖面上笼着寒烟，湖边有了秋意；女人发怒时，黄河之水天际来，长江后浪推前浪。清纯的女人是河边浣纱的西施，浪荡的女人是春睡酒醒的贵妃。

　　　　美人卷珠帘，

深坐颦蛾眉。

但见泪痕湿，

不知心恨谁。

——李白《怨情》

女人的一生，便是探索命运的一生。同样的年龄，女人总是比男人看起来更加苍老。每一次伤心，都会留下沧桑的痕迹。幸福或不幸福，不过是外人看在眼里的表象。只有女人自己才知道，生活曾经有过怎样的艰辛。

女人如水般柔韧。有人曾把男人比作磐石，但磐石易断易裂。女人如水，无论怎样斩断，水依然向前流动。所以在面对困难挫折时，女人比男人更坚强。其实在生活当中有很多如《飘》中郝思嘉那样的女人，在逆境中，不断自强自立，最终就靠着这股如水般的韧性实现了自己的梦想。女人如水般情意绵长。古有痴情女，演绎出经典绝唱。现代女人仍然逃不出感情奴隶的宿命。一个女人一旦爱上一个男人，就会全身心投入进去，即使有一天男人不爱了，女人还是会死心塌地地牵挂着一份长久的心痛。曾有个当情人的女人说："我是你左边的左边，是你右边的右边，我永远成不了你的中心，但我心甘情愿。"这种如蚕丝般纤弱、绵长的感情，不正是水的写照吗？

杜拉斯是个从天而降的美丽异类，她那癫狂的思想注定与这个世界格格不入。她笔下的爱情是对灵魂的绝对欣赏、绝对讴歌；灵魂与肉体可以超越时空，使死亡在真爱面前俯首称臣。孤独与无助，是她生命的主要元素；不懈创作，是杜拉斯活着的动力之源。作为"情人"的杜拉斯，以一个女人鬓发花白之际的思想，回眸那段尘封已久的异国恋情，依然有力量用极其惨痛的语言表达出人生的悲剧，把爱与恨演绎得如此分明紧密，这不能不说是一个奇迹。《情人》中绝望无助的性爱，无言悲怆的离别，爱到尽头的孤独感，使人流泪，令人痴迷。杜拉斯，把爱情的本质阐述得如此淋漓尽致，那份伤痛到绝望的无助，那份无法理解只可体察的苍茫恒远的美丽。

忘川之水，滋润一切又腐蚀一切。它温柔地漾在女人身边，没有气味，没有形状，没有特征，却又无时无刻不在包绕着、浸泡着女人的身心。那挂在墙上的冷冷的时钟，眼睁睁地看着她们从少女变成少妇，再从少妇变成老妪。不管她们在内心是怎样想挽留娇艳和美丽，怎样虔诚地祈祷红颜永驻，而时光却毫不留情地褪去她们的娇盈和圆润。没有人能挽回时间的狂流，没有人能青春永驻。

水样年华的少女，如涓涓细流，清秀碧翠，静细无声，显得那么清新动人。

成熟的女人更像是大海：开阔平静，令人心旷神怡，深沉与浩渺更觉得胸怀广大，海样的柔情可以平息一切燥火，一颦一笑间透着无尽的妩媚和涵养，眉间带着特有的气息；高尚的品德，沧海桑田后的气质，更让人心动。风霜渐渐褪去了容颜，留下的是淡淡的忧愁和思恋，雨后的彩虹更加艳丽：水样的柔情、宽容的心胸、高贵的品质、美丽的情怀远比青春容颜更重要。雪样的肌肤如蓝天中的白云，清新自然，含情脉脉、带着淡淡忧愁的水样柔情的眼神更让人沉迷；甜美的笑颜，恰是万绿丛中一朵怒放的鲜花，便是这世间亘古不变的传说。

永远的明眸皓齿、永远的蓝天白云，水样的柔情泛着淡淡的忧愁，宽厚的情怀牵着浓浓的相思，沧桑了狂野和躁动，比秋水更加澄明；秋样的思恋和凄美，颓败的苍凉不及绚烂的彩蝶，永远的深沉与宁静，等待着尘封的烈火化作灰烬，为了来年的重生。

现代女人也如水，刚柔相得益彰。她们有时候很脆弱，有时候又异常的强大；有时候渺小，有时候又特别的伟大；有时候很狭隘，有时候又很豁达宽容。女人是一本永远无法解读的书，是一根永远调不准的琴弦，也是一道永远解不出根的方程式。于是女人悲叹——此生无人懂她，男人抱怨——女人心思无法猜透。是女人累了世界、累了男人、累了她自己吗？其实不是，如果女人像水，那么，男人就像是山。山有高低，水有缓急，但一般都是山水相依，风光独好的。水是山的灵气，山无水不秀；山是水的依托，水无山不媚。

> 背云冲石出深山，
> 浅碧泠泠一带寒。
> 不独有声流出此，
> 会归沧海助波澜。

——周渍《山下水》

　　水从天上来，流过了坎坎坷坷，流过了日日夜夜，在时空的轮回中辗转反侧，川流不息。用千古的绝唱，用万世的咏叹，在天地间留下最美好的见证。上苍赐予我所有的情感，今生做一个如前世的水般的女人，我欣然接受。不知有谁将在我面前流淌，在我离开时，带着我今生的故事一笑而过！水从天上来到人间，最终还要回到那片蔚蓝的天空。

追忆似水年华

莫待无花空折枝

有那样一首歌，简单到只需要一两句话，经过高明的作曲家配上优美的曲调，反复重唱，风韵动人，丝毫不觉空泛。《金缕衣》，诗意单纯，却不单调，反反复复，变幻莫测。所谓，一中有多见，多中有一见。

杜秋娘是中唐名噪一时的歌舞姬。江南女子的秀丽与才情在她那里体现得淋漓尽致，她不满足于表演别人编好的节目，便暗自思量，自写自谱了一曲《金缕衣》。当她在高官李锜的家宴上声情并茂地演唱后，得到了李锜的青睐，当即将她纳为侍妾。

这样一对老夫少妻，度过了很长一段甜蜜醉人的时光。直到唐德宗驾崩，李诵继位顺宗，八个月后，又因病体不支而将王位传给了儿子李纯，庙号宪宗。年轻气盛的唐宪宗刚刚登基便想扭转局势，致使身为节度使的李锜大为不满，于是举兵反叛朝廷，终因势单力薄，丧生于战乱之中。

苟活者在淡红的酒色中，可以依稀看见微茫的希望；真的爱情，将更奋然前行。

四周喧闹，渴望宁静的天堂；寂寞独处，却又向往喧嚣的尘世。耐不住寂寞的侵蚀，却又承受不了躁乱的世俗。一个落寞的身影，一张熟悉的面容，恍惚间看到了秋娘的身影。我们的愿望其实很简单，看遍天上的彩云，踏遍每一条小路，游遍每一处绿水。可惜，好难……

孤苦伶仃的秋娘，作为罪臣家眷被送入后宫为奴，仍旧充当歌舞姬。当然，秋娘不是等闲之辈，她选好时机，在为唐宪宗表演的时候，再一次演绎了《金缕衣》：

劝君莫惜金缕衣，劝君惜取少年时。

花开堪折直须折，莫待无花空折枝。

——杜秋娘《金缕衣》

曲中激烈热切的情趣，深深地打动了青春年少的唐宪宗，而秋娘的明艳雅洁，在众佳丽中更是独具一格，更何况此曲还是由她亲自创作的，这不由得让唐宪宗大为动心。很快，杜秋娘便被封为秋妃。

不得不佩服秋娘，她是在演绎自己的人生；而女人的一生，究竟又有几次刻骨铭心的爱情呢？

在时间的河流里，又有多少波动等待我们细细体会……

世俗的人总是喜欢攻击单纯的角色，不懂真相的人径自对别人妄加评论；可笑的是，流言总是跑在真实的前面。而每一个女人，其实只想做最单纯的自己。

成为秋妃的杜秋娘，备受宪宗的宠爱，她的一颦一笑，一举一动，都牵动着年轻气盛的宪宗的心，并为之沉醉。春暖花开时，他们双双徜徉于山涧水崖；午窗人寂时，他们一起调教鹦鹉学念宫诗；秋月皎洁时，又泛舟高歌于太液池中；冷雨凄凄的夜晚，同坐灯下对弈直至夜半。其间情深意挚，颇似当年杨贵妃与唐玄宗的翻版。然而，比起纵情放荡的杨贵妃，杜秋娘又技高一筹，她在与宪宗同享人间欢乐之际，总会不留痕迹地参与一些军国大事，用她的才智，为宪宗分忧解愁。

唐宪宗执政之初，由于锋芒凌厉，对藩镇采取强压手段，引起藩镇的不满。但是后来，番邦犬戎侵犯大唐边境，宪宗对藩镇施以宽柔政策，不但抵御了外侮，还取得了本土的安定，使唐室得到中兴。宪宗之所以有如此大的转变，除了大臣的建议，更重要的，是秋娘的安抚，她以一颗女性的柔情之心，感化了锋芒毕露的唐宪宗。

秋妃是一个深明大义的女子，不但是唐宪宗的爱妃、玩伴，更是机要秘书。虽然拴住了宪宗的心，但并没使他沉溺于享乐而忘却国事，相反她还潜移默化地帮着他治国安邦。

这种夫唱妇随、同心协力的日子，又岂是一般的"折花"之乐？

幸福只在自己手里。一生错失多少良机？一生又为多少错失而空叹？请好好珍惜现在所拥有的爱人吧！

人生的感叹与惆怅多来自压力，而对于时间压力的感悟，从古至今，从中到外一直都是人们共同探讨的话题。从孔子临江发出"逝者如斯夫，不舍昼夜"的慨叹，到亚里士多德"濯足长流，抽足再入，已非前水"的哲学话题，无一不是时间稍纵即逝、不容轻掷的警语。再回头看这一句"花开堪折直须折，莫待无花空折枝"，"花"是什么呢？是生命中所有珍贵的事物：生命中的感情、时光、理想、自由、精力、健康、金钱……这一切可都是你满手盈握的宝藏。

人生一世，太短，太仓促，一次次地爱，一次次地错过。现在，用力去爱吧！大声喊出："花开堪折直须折，莫待无花空折枝。"

武则天曾写出这样一首抒情诗：

> 看朱成碧思纷纷，憔悴支离为忆君。
>
> 不信比来长下泪，开箱验取石榴裙。

——武则天《如意娘》

　　如此一个强悍的女人，却有最柔情的一面，难怪李氏天下会被弄得"每日家情思睡昏昏"。定是在感业寺的青灯下，失意的武媚娘将思绪交融于此诗，"开箱验取石榴裙"，明知再无相见的理由，仍痴痴地等待。弱者的泪水，女人的温柔，美人的示弱，终于淹没了高宗的理智，将先皇的女人定为自己的皇后，"石榴裙下死，做鬼也风流"。难怪明代钟惺要说："'看朱成碧'四字本奇，然尤觉'思纷纷'三字愦乱颠倒无可奈何，老狐甚媚。"

　　"老狐"生前为皇位不惜杀女嫁祸于王皇后，废中宗、睿宗而自号"周"。在中国历史上，第一次真正实现了"凤居高处，玉龙失意"。千载而下，后人在乾陵仍能感觉到女皇的赫赫声威。乾陵所在的梁山，远望犹如一位美人。

　　选定这样的风水与丈夫高宗合葬，分明是想压倒李氏男子而自立。女皇在位时，对李唐宗室进行无情虐杀，连亲生儿子也不放过，死后照例要儿子中宗为之立碑。对这个亲生母亲、夺李氏江山的仇人、给他王位又废他王位的女皇，该诋毁还是该颂扬？进退两难之中，唯有选择在碑石上留下空白……

　　唐时的开放，给了女人一个新的天地：她们可以吟诗，可以踢蹴鞠，甚至可以参政议事，影响历史。唐朝的男人都在梦想着"大鹏一日同风起，扶摇直上九万里"，梦想着有朝一日能"直挂云帆济沧海"。那个时代，"大道如青天"，男人有的是建功立业的机会，有的是出人头地的地方，对女人也就表现出中国男人难有的大度和宽容！

可惜，自古女子的命运多掌握在别人的手中，纵使她们叱咤风云，鼎定天下；纵使她们风华绝代，柔情千古；时光飞逝如水流，人生繁华皆似梦，到头来，都抵不过岁月无情，化作半边青简，一段残碑。草木也好，众生也好；生也好，死也罢；所有的一切都将随着时光消失在记忆深处。

说什么九五之尊，神器之重，无非是一副身着金缕玉衣的朽骨，凭谁问，卧龙跃马终黄土。

杜牧曾为秋娘写过一首诗，名为《杜秋娘诗》，歌颂了秋娘不畏权贵、知情重义的一面：

京江水清滑，生女白如脂。

其间杜秋者，不劳朱粉施。

老濞即山铸，后庭千双眉。

秋持玉斝醉，与唱《金缕衣》。

……

——杜牧《杜秋娘诗》

人生，其实就是一段旅途。我们相遇、分离，不同的人，不同的事，不同的命运，只那么一瞬，宛如划破长空的流星。奇妙，飘逸。日子，仿佛一列火车。抉择，是命运的转折，是驶向另一个终点站的转折……

有一位满脸愁容的老人，七十岁了还没有结婚，他四处旅行，似乎在寻找什么。

有人问他在找什么？他说："我在寻找一位完美的女人，然后娶她为妻！"那人又问："这么多年，难道就没有完美的女人出现吗？"老人说："我碰到过一个，那是一个完美的女人！"那人不解地问："那你为什么不娶她呢！"老人无奈地说："因为，她也在寻找一个完美的男人！"

"千金散去还复来"，然而青春却一去不返。

少年时代是一个怎样的季节？时过境迁，说过的情话，喜欢过的人，那个时间，那个地点，你还记得吗？

留下的痛楚，也许像一把利器，让你不经意间颤抖；而快乐竟像一阵风，毫无踪迹可寻。

这样的辛酸，除了自己，谁还能见？

滚滚尘世，当你经历诸多世事之后，又剩下些什么？花开的时候，没有勇气摘花。无花了，能做的也就只有回忆花开时的美景罢了。

"花开堪折直须折，莫待无花空折枝。"珍惜拥有的，善待已经丢失的。聪明的秋娘，她已经告诉我们，自己的命运，应由自己来做主。

始终坚持，每个人都有自己的角色，不容改变。一直以来，以为这就是理性。其实，人生何尝不是一场旅行呢？享受过程，高于承受结果。人生如此短暂，夫子立于川上叹韶华如流水之逝，连秋娘都如此规劝，我们又何必对未来寄予过多呢？

每当这个时候，就想起秋娘，一个远方女子的悲凉。

第五辑

痴心长相忆

难得有心郎

报答平生未展眉

每每看到"一骑红尘妃子笑，无人知是荔枝来"便大为感慨，一个女人竟然可以做到"三千宠爱在一身"，让堂堂九五之尊的唐玄宗不爱江山爱美人，令范阳节度使安禄山甘愿做第三者。想来她必然有自己的过人之处，不说她那羞花之貌该有多美，就凭人家的妩媚温顺，以及过人的音乐才华和博得玄宗百般宠爱的本事，就值得现代一些女性学习的。

仲夏时节，长安东面的骊山上，林木葱茏，花草繁茂，画栋雕梁的宫殿楼阁，在满山浓绿中错落隐现，宛如一幅幅锦绣。山顶上那座华清宫，更是雄伟壮丽，美不胜收。唐玄宗和杨贵妃在这里寻欢作乐，浴温泉，赏美景，殿上歌舞百戏杂陈，席间山珍海味满眼，这种骄奢淫逸的生活，在他们看来已是司空见惯。

这一天午后，杨贵妃懒懒地对高力士说："那东西该来了罢！"高力士回禀道："娘娘，奴才估摸今天就到了。这是限时限刻的，皇上的圣旨，岭南、蜀地的那些地方官怎么敢怠慢呢？他们不怕砍脑袋吗？"正说着，一个宫女快步进来禀告："娘娘，大道上已远远看到驿使的马来了！"

这时，从华清宫一直到山下的千百扇门，全都先后打开了，太监和宫女们急切地注视着山下大道上的飞骑，在滚滚尘土中急急驰来。两个驿使和他们的坐骑，口里不断吐着白沫。来到山下，没等他们跨下马，就全都昏死过去，沉重地跌在地上。接着，那匹高大的马也倒了下去。从山上飞跑下来的几个太监，口里叫着："娘娘的宝贝来了！"他们走过去卸下马背上驮着的几个金漆木箱，飞似的抬到山上去了，全都不管驿使和马儿的死活。

金漆木箱里装的是荔枝，那是杨贵妃最爱吃的东西。荔枝虽然滋味鲜美无比，却极容易变味。既然贵妃娘娘非要吃新鲜的荔枝不可，皇帝便下令，特设驿骑一站站飞驰传送。为此，沿途不知跑死了多少人马，可是只要博得红颜笑上一笑，这些人马的死活有谁会去过问呢？太监把木箱抬上华清宫，高力士早已在殿外等候。他打开木箱，抓起几颗鲜红的荔枝，剥开果皮尝了尝，笑道："不错！几千里外传来的东西，味儿竟没有变！"赶紧吩咐宫女用金盘装起来，双手托着，飞奔送进宫去……

大约过了一百年，著名诗人杜牧，一天经过华清宫，见到满山青翠依旧，山上宫殿华丽不减当年，心中自然映出当时驿骑数千里飞送荔枝的情景来，想象着杨贵妃含笑剥吃白玉般鲜果的场面。可是，在这骊山上，春秋时期的周幽王，不是为了博得妃子一笑而点燃烽火，最后导致国破身亡吗？

杜牧思绪万千，诗情勃发，当即写下了三首咏史诗，其中一首这样说：

其一

长安回望绣成堆，山顶千门次第开。

一骑红尘妃子笑，无人知是荔枝来。

其二

新丰绿树起黄埃，数骑渔阳探使回。

霓裳一曲千峰上，舞破中原始下来。

其三

万国笙歌醉太平，倚天楼殿月分明。

云中乱拍禄山舞，风过重峦下笑声。

——杜牧《过华清宫绝句》

这位痴情的君主，为了博美人一笑，竟下了一道限时限刻送荔枝入宫的谕旨。可见其用心良苦啊，但真正苦的却是那些舍命送荔枝的老百姓。

自古，男尊女卑的风气就深入人心。一般百姓家里都会以男丁数量的多少为家之兴旺的标志，更何况是贵为天子的各朝代统治者了。女人生下来似乎就是为男人服务的，所以才会出现一夫多妻的制度，而那些高官，更是以自己拥有妻妾的多少来显示自己的社会地位。

说到古时的婚姻制度，历史上唯一一位做到一生一世一双人的痴情君王就是明孝宗朱祐樘了。

孝宗皇帝的后宫很简单，只有皇后张氏一人，两人不仅是患难之交，还是一对恩爱夫妻。那种恩爱劲与民间夫妇没什么两样。虽然他们之间没有什么动人的故事，但面对天下无尽诱惑的孝宗却能始终如一地珍爱自己的妻子，真是难能可贵。两人每天必定是同起同卧，读诗作画，听琴观舞，谈古论今，朝夕与共，令人羡慕。其实爱情本来就是平平淡淡的，没有必要将爱情放在高贵处来谈。

人们常说"男人都是白眼狼"，"男人没有一个是好东西"，"男人都是负心汉"。对男人做出这番评价的自然都是女人，而她们之所以会这样咬牙切齿、恶狠狠地评价男人，是因为她们成了男人世界中的牺牲品。男人让她们受了伤、死了心。如果这些怨妇所碰到的男人都像唐玄宗这般体贴、疼爱、忠诚、大度，那么世间该有多少感人的爱情故事啊！

话又说回来了，一些男人常常将女人看成是"祸水"，说女人长了副"蛇蝎心肠"，孔子在《论语》中说道："唯女子与小人难养也。"例如那个美若天仙、能歌善舞的美人——妲己。当年纣王听说妲己美貌，要苏户献女，暂且不说妲己愿不愿意，反正最终还是入宫了。可到头来却成了殷商灭亡的罪魁祸首。

如果这些被"坏女人"坑苦了的男人们能够与杨玉环这般温柔多情、妩媚动人、深情款款的女子结缘，他们绝不会有这番评论，而且会认为自己是世界上最幸福的男人，就像《白蛇传》中的许仙，能娶到那美丽、贤惠、温柔体贴的白素贞，实乃前世修来的福分，哪管她是人还是妖。

细数历代的痴男怨女，多数人认为，痴情女常有，而痴情男不常有。一旦男人身上有了痴气，那么他不会在名利场上摸爬滚打，而是在风月场上大显身手。历史上像唐玄宗这样痴情的男人不止他一个，如果要一一列举出来，恐数之不尽了。

其一

谢公最小偏怜女，自嫁黔娄百事乖。

顾我无衣搜荩箧，泥他沽酒拔金钗。

野蔬充膳甘长藿，落叶添薪仰古槐。

今日俸钱过十万，与君营奠复营斋。

其二

昔日戏言身后意，今朝都到眼前来。

衣裳已施行看尽，针线犹存未忍开。

尚想旧情怜婢仆，也曾因梦送钱财。

诚知此恨人人有，贫贱夫妻百事哀。

其三

闲坐悲君亦自悲，百年都是几多时。

邓攸无子寻知命，潘岳悼亡犹费词。

同穴窅冥何所望？他生缘会更难期。

惟将终夜常开眼，报答平生未展眉。

————元稹《遣悲怀三首》

　　这是唐朝诗人元稹悼念亡妻韦丛所写的三首七言律诗。这三首诗表达了夫妻间情感的最高境界。

　　常听身边的朋友说："女人只要结了婚，就会变得很乖，很温顺。"他们之所以会这样说，或许是因为婚后的女人在生活中会渐渐失去自我，这倒是最令人反感的。但古代女人的那种服从、温顺，将男人当作天的理念已经根深蒂固。不然元稹就不会在诗的一开头写道："自嫁黔娄百事乖。"

　　爱妻知道丈夫没有可替换的衣服，就翻箱倒柜去搜寻；丈夫身上没有钱，便死皮赖脸地缠老婆买酒吃，于是她就拔下头上金钗去换钱。平常家里只能用豆叶之类的野菜充饥，她却吃得很香甜；没有柴烧，她便靠老槐树飘落的枯叶以作薪炊。

　　想来，这韦氏就是如此顺从地和元稹过了七年，多么贤惠的老婆啊！这首诗句句浸透着诗人对妻子的赞叹与怀念的深情。"今日俸钱过十万，与君营奠复营斋。"仿佛诗人从出神的追忆状态中突然惊觉，发出无限抱憾之情：而今自己虽然享受厚俸，却再也不能与爱妻一道共享荣华富贵，只能用祭奠与宴请僧道超度亡灵的办法来寄托自己的情思。

　　"诚知此恨人人有，贫贱夫妻百事哀。"这句是最具代表性的一句。正所谓十年修得同船渡，百年修得共枕眠。贫贱夫妻百事哀，或许所有成家的男女都会有所感慨吧？

　　人已仙逝，而遗物犹在。为了避免睹物思人，元稹将妻子穿过的衣裳施舍出去；将妻子做过的针线活原封不动地保存起来，不忍打开。想来，元稹是想通过这种办法封存对往事的记忆，而这种做法本身恰好证明了他无法摆脱对妻子的思念。真是越想忘掉一个人就越忘不掉。每当看到妻子身边的女仆，也会引起自己的哀思，因而对女仆也平添一种哀怜的感情。

　　白天触景伤情，夜晚梦魂飞越冥界相寻。苦了一辈子的妻子去世了，如今生活在富贵中的丈夫仍不忘旧日恩爱，除了"营奠复营斋"以外，还能为妻子做些什么呢？

　　从"诚知此恨人人有"的泛说，落到"贫贱夫妻百事哀"的特指上。夫妻死别，固然是人所不能避免的，但对于同贫贱共患难的夫妻来说，一旦永诀，是最为悲哀的。从最初的"百事乖"到七年后的"百事哀"，此种抱憾之情溢于言表，这是不同于一般的悲痛感情。

　　"惟将终夜常开眼，报答平生未展眉。"元稹在此似乎在对妻子表白自己的心迹：我将永远永远地想着你，要以终夜"开眼"来报答你的"平生未展眉"。真是痴情缠绵，哀痛欲绝！如果这位幸福的女人能够在天堂里感受到丈夫对自己的这般恩情，其心情一定是很矛盾的，既欣慰，又痛恨，欣慰自己有这样一个好丈夫，痛恨自己竟如此短命，丈夫竟是这般后知后觉。

最温柔的暖风不及你亲昵的话语，最甜醉的美酒比不过你飘洒的笑容。"物是人非事事休，欲语泪先流。"当元稹孤身一人站在窗边遥望远方时，迎面的暖风必然不会使他感到温暖，更不会吹干他脸上的泪水；飘香的美酒也不会使他陶醉，更不会让他忘记往日自己对妻子的忽视和冷漠。

这让我们懂得了，要珍惜眼前的一切。

艺伎诗事

妖姬脸似花含露

　　"你不能对太阳说，多点阳光；也不能对雨说，少下点雨；对男人来说，艺伎顶多就是半个妻子，要像他们的妻子一样。当然了，要学会善良，在经历许多伤心事之后，就知道一个小女孩有着她不知道的勇气，发现她的祈祷终于成真，这可以叫作幸福。总之，这不是一个国王的回忆，也不是王后的回忆，这是另一种人生的回忆。"

　　看过《艺伎回忆录》的人对这段话不会陌生。作为艺伎，她们的人生注定与众不同。

　　南朝陈后主的贵妃张丽华本是歌伎出身，她长相最大的特点就是发长七尺，光可鉴人，眉目如画。此外，更具有敏锐的辩才和过人的记忆力，所谓"人间有一言一事，辄先知之"。她在做龚贵嫔的侍儿时，陈后主对她一见钟情，封为贵妃，视为至宝，以至于陈后主临朝之际，百官启奏国事，都常常将张丽华放在膝上，同决天下大事。特别是张丽华为他生下一个儿子之后，陈后主立即将其立为太子。

陈后主陈叔宝，小字黄奴，他即帝位的时候，北朝的隋文帝杨坚正大举任贤纳谏，减轻赋税，整饬军备，消除奢靡之风。随时准备攻略江南富饶之地，而陈后主并不在意，依旧奢侈荒淫无度，臣民也流于逸乐，给隋朝以可乘之机。就在这种情况下，陈后主还在光照殿前，建"临春""结绮""望仙"三阁，自居临春阁，张丽华住结绮阁，龚孔二贵嫔同住望仙阁，整天过着花天酒地、饮酒赋诗的生活。

> 丽宇芳林对高阁，新妆艳质本倾城。
>
> 映户凝娇乍不进，出帷含态笑相迎。
>
> 妖姬脸似花含露，玉树流光照后庭。
>
> 花开花落不长久，落红满地归寂中！
>
> ——陈叔宝《玉树后庭花》

这首诗被认为是亡国之音、不祥之兆。

无奈陈后主只是一个在脂粉堆中出色当行的风云人物，一旦到了与敌人拼战的时候，就是一个胆小如鼠的窝囊废，自以为得计地投匿胭脂井中，不啻死路一条，徒然给后人留下笑柄。陈后主享尽了人间的荣华富贵，在国亡城破之际，理当以死殉国，否则有何面目苟且偷生？张丽华、孔贵嫔等人也应殉节兼殉情，为南朝最后留一抹凄美的彩霞，然而她们都要等到敌人来决定她们的命运。后人有感于此，作诗讽刺："擒虎戈矛满六宫，春花无树不秋风；仓皇益见多情处，同穴甘心赴井中。"

唐代大诗人杜牧夜泊秦淮，闻岸上酒家女子在月下高歌陈后主的《玉树后庭花》，歌声凄婉，兼蕴南朝幽怨气韵，良夜宁静，益增遐思，于是有感抒怀：

> 烟笼寒水月笼沙，夜泊秦淮近酒家。
>
> 商女不知亡国恨，隔江犹唱后庭花。
>
> ——杜牧《泊秦淮》

商女，就是侍候他人的歌女。按现在的话说就是娱乐圈里的人。其实古代也有娱乐圈，只是那时的娱乐圈并不受人重视，不仅没有人愿意加入这个行列，而且人们以成为一个艺人为耻。那时的人们将艺人视作轻贱之人，说书的近似于讹诈泼皮之类。总之，就是不同于现在家喻户晓、时尚耀眼、璀璨夺目，走到哪都会引起一阵狂热的娱乐明星的。

古代艺人的社会地位甚至比不上一个普通老百姓，她们大多是从小就被卖到青楼艺坊，学习技艺，长大后不得不浓妆艳抹，在简陋的舞台上表演。那些高举"卖艺不卖身"的旗子表演的艺人，可以算得上是高级艺人了。

当然这些艺人大多数的命运都是悲凉、凄惨的。

"商女不知亡国恨，隔江犹唱后庭花。"从字面上看，杜牧或许在埋怨这个商女的愚昧无知，"勿忘国耻"在她身上一点没有体现出来，仍然隔江演唱。而对于这种地位低下的歌女来说，她们唱什么曲子都是由听者的趣味决定的，所以真正不知亡国恨的是那些听客，那些封建贵族、官僚、豪绅。他们正以声色歌舞、纸醉金迷的生活来填补他们腐朽而空虚的灵魂，或许杜牧在写这首诗时，没有看到商女眼角流下的泪，也不了解商女家中还有一家老小依靠她这份收入买米下锅、抓药治病。也许商女在演唱时，也会想到自己命运的悲凉，看着眼前大碗喝酒、大口吃肉，完全陶醉在美景、美食、美人之中的封建贵族们，她是多么的恨啊！恨自己只是个弱女子，恨这些人的冷漠，恨"朱门酒肉臭，路有冻死骨"的社会现实。

想来诗人也必然会有这种气愤的反应。在这衰世之年，竟然还有人不以国事为怀，反用这种亡国之音来寻欢作乐，这怎能不使诗人产生历史又将重演的隐忧呢！

而白居易看着琴艺高超、命运悲惨的琵琶女，却产生了一种"同是天涯沦落人，相逢何必曾相识"的感觉。琵琶女的不幸遭遇激起了诗人的强烈共鸣；而诗人悲苦的贬谪生活，也深深打动了女艺人的心。他们"同是天涯沦落人"，因而很容易互相同情、怜惜，产生心灵的交流：

……

去来江口守空船，绕船月明江水寒。

夜深忽梦少年事，梦啼妆泪红阑干。

我闻琵琶已叹息，又闻此语重唧唧。

同是天涯沦落人，相逢何必曾相识！

……

转轴拨弦三两声，未成曲调先有情。

弦弦掩抑声声思，似诉平生不得志。

低眉信手续续弹，说尽心中无限事。

轻拢慢捻抹复挑，初为霓裳后六么。

大弦嘈嘈如急雨，小弦切切如私语。

嘈嘈切切错杂弹，大珠小珠落玉盘。

……

——白居易《琵琶行》

　　当时正值白居易被贬到九江当司马的第二年秋，长期陷于仕途上所受的打击之中，无法振作，心情糟透了。突闻琵琶声，不仅勾起了白居易的好奇，也让他知道天底下忍受着痛苦的沦落人还有很多。社会的动荡，世态的炎凉，对不幸者命运的同情，对自身失意的感慨，这些本来积蓄在心中的沉痛感受，都一起倾于诗中。

　　诗人运用了优美鲜明的、有音乐感的语言，用视觉的形象来表现听觉所得来的感受；萧瑟秋风的自然景色和离情别绪，使作品更加感人。

　　拧转轴子，拨动了两三下丝弦，还没有弹成曲调，已经充满了情感。每一弦都在叹息，每一声都在沉思，好像在诉说不得意的身世。她的演技是精湛神妙的，诗人以"低眉信手续续弹"，"轻拢慢捻抹复挑"两句描绘其技艺娴熟。因为训练有素，虽是信手拈来，也无不合乎节拍，弹技可谓炉火纯青。

根据白居易诗中所写，可以了解到，琵琶女曾是一个色艺俱佳的艺人。年轻时，五陵年少，富贵公子争相馈赠缠头之费。那个时候，她头戴钿头银篦，歌舞时用手击节，上身相应颤动，首饰有时竟堕地而碎；或穿红艳如血的罗裙，日日与少年宴饮笑谑，不觉酒翻而裙污，也不感到可惜。春花秋月，良辰美景，就这样一天又一天、一年又一年地过去了，琵琶女的美貌渐渐逝去，真是青春易逝，容颜易老，这个年老色衰的艺人再也没有人愿意靠近了，她仿佛就像是一只被人玩坏的玩具一样被那些富贵子弟们所抛弃。"门前冷落鞍马稀"，正是封建时代包括琵琶女在内的许多歌舞艺人晚年的形象写照。

于是她不得不落得"老大嫁作商人妇"，将自己的后半生寄托在一个满身铜臭的商人身上。然而，一个丧失了花容月貌的老艺人岂能拴住重利轻情的商人之心？而这个商人也非她值得托付终身的人。于是"商人重利轻别离"，男人离家经商，妇人独守空闺，又成了她们必然的结局……

写琵琶女自诉身世，详昔而略今；写自己的遭遇，则压根儿不提被贬以前的事。这也许是意味着以彼之详，补此之略吧！琵琶女昔日在京城里"曲罢曾教善才伏，妆成每被秋娘妒"的情况和诗人被贬以前的情况是不是有某些相通之处呢？同样，他被贬以后的处境和琵琶女"老大嫁作商人妇"以后的处境是不是也有某些类似之处呢？看来是有的，要不然，怎么会发出"同是天涯沦落人"的感慨呢？

诗人的诉说，反转来又拨动了琵琶女的心弦，当她又一次弹琵琶的时候，那声音就更加凄苦感人，因而反转来又激动了诗人的感情，以至热泪直流，湿透青衫……

明末清初时期，秦淮河一派歌舞升平、笙歌彻夜的景象。其中青楼林立，尽是风尘女子，俨然成为明朝最为繁华的歌舞地。许多青楼都收留有父母双亡、孤苦无依的童女。她们自幼学习琴棋书画、诗词歌舞，长成后便成为青楼中的招牌。当地出了八位名伎，人们称之为"秦淮八艳"。柳如是、李香君、卞玉京、马湘兰、顾横波、寇白门、陈圆圆、董小宛皆是由雏妓养成的"绝色"艺伎。

八艳不仅个个相貌身材一流，而且诗词歌舞样样精通。明清大诗人吴伟业曾为这八位名妓中的一个写过一首诗：

珍珠无价玉无瑕，小字贪看问妾家。

寻到白堤呼出见，月明残雪映梅花。

——吴伟业《题冒辟疆名姬董白小像》

　　这是他称赞董小宛的一首诗，他共为董小宛作过十首诗。为一个青楼女子作过如此多的诗，实属少见。

　　董小宛，名白，一字青莲，别号青莲女史，她的名与字均因仰慕李白而起。她聪明灵秀，神姿艳发，窈窕婵娟，为秦淮旧院女子中的一流人物。她的姿色曾引起一群名公巨卿、豪绅商贾的明争暗斗。但这个沦落风尘的女子鄙视权贵，巧于周旋，勇于斗争；而明末四才子之一冒辟疆富于才气、风流倜傥，两人一见钟情。冒辟疆容貌俊美，风度潇洒，人称"美少年"，是复社中一位才子。

　　小宛属风花雪月之女子，固然在日常生活上与普通百姓不同。她能够将琐碎的日常生活过得浪漫美丽，饶有情致。或许她深知自己深陷风尘之中而不能自拔，与其整日苦闷、埋怨，倒不如过一天就开心一天。

　　小宛天性淡泊，不嗜好肥美甘甜的食物。用一小壶茶煮米饭，再佐以一两碟水菜香豉，就是她的一餐。辟疆喜欢吃甜食、海味和腊制熏制的食品。小宛深知辟疆的口味，她为辟疆制作的美食鲜洁可口、花样繁多。如酿饴为露，酒后用白瓷杯盛出几十种花露，不要说用口品尝，单那五色浮动，奇香四溢，就足以消渴解酲。在喝茶方面，小宛和辟疆有共同的嗜好。他们常常是一人一壶，在花前月下默默相对，细细品尝茶的色香性情。

　　多么有情调的女子！此情此景即使是现代，也必然会为众人效仿。走进婚姻殿堂的女人们常说：要抓住一个男人的心，首先就要抓住他的胃。这似乎是成功俘虏男人的最简单最有效的秘籍。单这一点，小宛就是其他女人所不能比的。

她经常研究食谱，看到哪里有奇异的风味，就去访求它的制作方法，用自己的慧心巧手做出来。现在人们常吃的虎皮肉就是董小宛的发明，因此，它还有一个鲜为人知的名字叫"董肉"，这个菜名虽然有些唐突美人，但和"东坡肉"倒是相映成趣。还有人把董小宛和伊尹、易牙、太和公、膳祖、梵正、刘娘子、宋五嫂、萧美人、王小余列为我国古代十大名厨，恐不为过。

虽说"女子无才便是德"，但那些认得字的女子偏偏却颇受人爱。月色如水，最为小宛所倾心。夏夜纳凉，小宛喜欢背诵唐人咏月及流萤、纨扇诗。为领略月色之美，她常随着月亮的升沉移动几榻。半夜回到室内，她仍要推开窗户，让月光徘徊于枕簟之间。月亮西去，她又卷起帘栊，倚窗而望，恋恋不舍，还常常反复回环地念诵李贺的诗句"月漉漉，波烟玉"。"我和你一年四季当中，都爱领略这皎洁月色，仙路禅关也就在静中打通。"

> 病眼看花愁思深，幽窗独坐弄瑶琴。
> 黄鹂亦似知人意，柳外时时送好音。
>
> —— 董小宛《绿窗偶成》

辟疆说自己一生的清福都在和小宛共同生活的九年中享尽。这清福也包括静坐香阁，也包括细品香茗。小宛就是这样在自然平实的日常生活中，领略精微雅致的文化趣味，在卑微的生命中企慕超脱和清澄的诗意人生。

　　"做女人难，做名女人更难，做有名的老女人更是难上加难！"这句话若说给古时的艺人，可谓十分贴切，但若说当今的艺术名人，他们的难处相比之下就是如何出名，如何逃脱狗仔队的追逐，如何使自己成为娱乐圈的常青树了。

不惭世上英

剑非万人敌

有人的地方就有江湖，有江湖的地方就有侠客。

有侠就有义，侠义合起来才是侠的精髓。仗剑行江湖，载酒写文章，诗人们都是有些侠气的。最早的侠算起来，应该是《史记》中记载的刺客和游侠了。这些人的事迹虽为人们所称道，但主流社会是把他们当成祸水的，汉时的郭解，轻财重义是为豪杰，却屡次受到官方的打击。

文人以其手中之笔为这些人辩护，创出了侠客这一称号，总结出了以"侠之小者，行侠仗义；侠之大者，为国为民"为核心的侠义精神，使侠与主流社会相契合。

主流社会最早写侠的诗要算曹植的《白马篇》：

> 白马饰金羁，连翩西北驰。借问谁家子，幽并游侠儿。
> 少小去乡邑，扬声沙漠垂。宿昔秉良弓，楛矢何参差。

控弦破左的，右发摧月支。仰手接飞猱，俯身散马蹄。

狡捷过猴猿，勇剽若豹螭。边城多警急，虏骑数迁移。

羽檄从北来，厉马登高堤。长驱蹈匈奴，左顾凌鲜卑。

弃身锋刃端，性命安可怀？父母且不顾，何言子与妻？

名编壮士籍，不得中顾私。捐躯赴国难，视死忽如归。

——曹植《白马篇》

　　曹植是曹操的第三子。生于乱世，自幼随父四方征战，"南极赤岸，东临沧海，西望玉门，北出玄塞"。自东汉末年分裂割据以来，为国家的统一和社会的安定而献身一直是时代的最强音。时代的这种召唤，加上为国家统一而南征北战的曹操那"烈士暮年，壮心不已"的豪情壮志的熏陶，培养了曹植"戮力上国，流惠下民"的理想，铸成了他心中既有爱国之德又有爱国之才的英雄形象。金代作家元好问说过，真实的诗篇应该是诗人的"心画心声"。可以说，《白马篇》就是曹植的"心画心声"，寄托了诗人为国家建功立业的渴望和憧憬。为国为民，侠之大者，这种"名编壮士籍，不得中顾私。捐躯赴国难，视死忽如归"的游侠儿，跟金庸先生笔下的郭靖一样当得起"大侠"之名。

　　曹植只是在思想上想象着侠，到了唐代，许多诗人本身就可以算个侠客。

　　中国现代新派武侠的开山人梁羽生先生在其《大唐游侠传》中，干脆就把李白塑造成一个武艺高强的侠客。李白乃西域人，虽生于四川，但他骨子里的那种尚武的基因是没有办法消除的。"诗因鼓吹发，酒为剑歌雄"，强烈的仁侠精神使得李白这位侠客的许多诗篇激昂慷慨，恢宏豪迈。

这些恢宏咏叹皆离不开他所钟爱的剑，他不仅以剑抒怀作诗，更佩带操练。李白终生以剑匣相伴，十五岁在峨眉学剑，自称"我家青干剑，操割有余闻"，"剑非万人敌，文窃四海声"。在李白的笔下，剑象征着"路见不平，拔刀相助"的侠义意识，又代表着济苍生、安黎元的牺牲精神。昌龄诗云："黄沙百战穿金甲，不破楼兰终不还"，李白则高呼："愿解腰下剑，直为斩楼兰"，"秦王扫六合，虎视何雄哉! 挥剑决浮云，诸侯尽西来"，"浮云在一决，志欲清幽燕"，他用剑来抒发他的壮志豪情，济世情怀，来表达他对历来杰出英雄人物、狂士侠客的倾慕之情。

然当他志不能遂，才被见弃之时，他也会以拔剑击柱之势，抒发心中愤懑不平之情。尽管在"欲渡黄河冰塞川，将登太行雪满山"的际遇中，他也有"停杯投箸不能食，拔剑四顾心茫然"的情态，但他对未来总怀有良好的愿望和信心，自比于姜太公，"大人"身处坎坷，而心怀坦荡。

在李白的笔下，有"燕南壮士吴门豪，筑中置铅鱼隐刀。感君恩重许君命，泰山一掷轻鸿毛"的高渐离、专诸这样的"小侠"。也有"赵客缦胡缨，吴钩霜雪明。银鞍照白马，飒沓如流星。十步杀一人，千里不留行。事了拂衣去，深藏身与名。闲过信陵饮，脱剑膝前横。将炙啖朱亥，持觞劝侯嬴。三杯吐然诺，五岳倒为轻。眼花耳热后，意气素霓生。救赵挥金槌，邯郸先震惊。千秋二壮士，烜赫大梁城。纵死侠骨香，不惭世上英。谁能书阁下，白首太玄经"的朱亥、侯嬴这样的"大侠"。

强盛的唐朝，是一个尚武的时代，上至高官显贵，下至普通百姓，皆以舞剑为乐。宫廷的《秦王破阵乐》，民间公孙大娘的剑舞，都是当时很流行的。尤其是公孙大娘的舞剑，杜甫称赞其"一舞剑器动四方。观者如山色沮丧，天地为之久低昂"。

剑技虽能"一舞剑器动四方。观者如山色沮丧，天地为之久低昂"，能行侠仗义，终乃小侠尔，"名编壮士籍，不得中顾私。捐躯赴国难，视死忽如归"才是大侠。在唐朝尚武的风气之下，读书人"宁为百夫长，胜作一书生"，岑参、高适、王翰、王昌龄、李益就是这样的读书人，他们或多或少都有戍边的经历。

岑参曾经先后两次出塞，任安西四镇节度使高仙芝的幕府掌书记和安西北庭节度使封常清的判官，在塞外度过了四年；高适也曾任陇右、河西节度使哥舒翰的幕府掌书记，在边关度过了五年。与边关将士们同甘共苦，使他们深刻地了解了这些为国戍边的"大侠"们，他们有感而发，写下了激励人心的边塞诗。

王翰的《凉州词》，便是边塞诗的杰出代表作：

葡萄美酒夜光杯，欲饮琵琶马上催。

醉卧沙场君莫笑，古来征战几人回。

——王翰《凉州词》

美酒佳肴陈列于前，琵琶曲伴奏于后，这是对凯旋将士们的奖赏。但是，刚准备饮酒之时，军营里又响起了出征的号角。醉卧沙场已经是很好的归宿了，在这残酷的战争中又有几个人能回来呢？他们不知道自己能否活着回来，也不知道这些战友能有几个活着回来，他们把战死沙场作为自己最好的归宿。这是一种怎样的感情呢？对自己前途的不可知，却为了让国家与人民有一个好的前途，这是真正的"大侠"。

侠之小者，行侠仗义；侠之大者，为国为民。

三千烦恼丝

白发三千丈

> 想要我的头发吗？那好，连我的头一起拿去吧！
>
> ——鲁迅《头发的故事》

古训有云："身体发肤，受之父母，不敢毁伤。"自古以来，人们对于头发的重视，甚至可以和生命同日而语，特别是汉族。

> 白发三千丈，缘愁似个长。
>
> 不知明镜里，何处得秋霜。
>
> ——李白《秋浦歌》

汉族成年束发，儿童垂髫，只要男不为僧，女不做尼，便不剃落。这一点是汉民族别于其他民族的特点，是汉人坚持夷汉有别的具体体现。古人用头发的变化，隐喻岁月的变化，"弱冠弄柔翰，卓荦观群书"用指弱冠之年，比喻男子束发成人；及笄之年，是指女子十五岁，即意可以出嫁了。

在中国，头发还被贯之以礼数，成了中华民族五千年文明的一个象征。古时的文人墨客们还常常以头发作为题材，宣泄情绪。

> 吾爱孟夫子，风流天下闻。
>
> 红颜弃轩冕，白首卧松云。
>
> 醉月频中圣，迷花不事君。
>
> 高山安可仰，徒此揖清芬。
>
> —— 李白《赠孟浩然》

没有哪一个国家，哪一个民族，曾为这看似不被重视的头发而展开深刻的斗争，但是中国例外。

清军入关为了推行"削平四周，留守中原"的治国主张，顺治二年（公元1645年）六月，清兵得江阴后，颁发执行"剃发令"。经历了无数次朝代更迭的汉人对于谁当皇上这样的事情并没有表现得太过激烈，倒是这场毛发的变革着实惹恼了中原的汉人。

"留头不留发，留发不留头。"这股强硬的风潮出人意料地遭到了历来柔弱的江南民众的反对。江南士子认为剃发便是对他们人格的莫大侮辱，全城居民监押剃发的清兵而反，清廷被迫动员大军二十四万。至城破，满城皆被杀，计十七万余人。嘉定城也经历了同样的一幕，清兵先夺下城池，而后由于执行"剃发令"导致民众反叛，经过两个月的镇压，方才停止，其间清兵三次屠城，是为"嘉定三屠"。类似的事件，广州、松江、太湖各处均有发生。

直到民国，很多人出国留学，人们受外国文化的影响越来越多，再加上新文化运动的兴起和人们对封建思想的破除，很多人也主动剪掉了脑后的辫子，留起了新的发式，这也象征着一个新时代的来临。殊不知，这场关于头发去留的革命，造成了人们数百年的斗争。

女人左脑一半想服饰，一半思发饰；右脑一半想家事，一半思故事。如果衣服是女人的脸面，那么头发便是女人的心情。衣服的好坏有时只是虚荣的体现，头发的面貌却是女人生活本真的反映。

有些女人轻易不肯变换发式，仿佛这如同要她换一张面孔一样，得需要慎重寻思一番。变换一个发式，总像隐喻告别一段过去，抑或是离开一个男人似的不舍，但又有着迎接一个新的开始一般的兴奋与不安……

女孩学生时代是一头柔顺的清汤挂面，总在眼前垂一张细密的帘，那一低头的温柔，不知让多少人期待着女孩摇曳芳心；恋爱了，扎一束高高的马尾，把所有灿烂的笑容都毫无遮掩地写在脸上、额前；终于披上了嫁衣，和心爱的人携手走进了婚姻的殿堂，女孩的秀发变成了一头汹涌的大波浪，像一个个忍俊不禁的酒窝，堆涌着数不清的浪漫和甜蜜。再见到她时，已是孩子的母亲，一头干净利落的短发，却有着说不出的坚定和决绝。

女人高兴的时候会拿头发做文章，不高兴的时候也拿头发说事。女人的头发是女人的旗帜。女人不仅用这面旗帜来表达自己的个性，还用这旗帜宣泄内心潜藏的情绪。聪明人能从女人的头发看出女人的品位，揣测出女人的心情。

男人对长发女人容易产生怜爱，这种心态使男人觉得自己很伟大，虚荣心也得到最大的满足。女人长发飘动时的婀姿，会使男人眼花缭乱，整个人会被长发构成的倩影左右。此时此刻的男人总是充满芳心，他不会再去挑剔女人的缺点。当男人的情丝与女人的发丝缠绵在一起时，世界的磁场就会发生变化。

汉皇重色思倾国，御宇多年求不得。

杨家有女初长成，养在深闺人未识。

天生丽质难自弃，一朝选在君王侧。

回眸一笑百媚生，六宫粉黛无颜色。

春寒赐浴华清池，温泉水滑洗凝脂。

侍儿扶起娇无力，始是新承恩泽时。

云鬓花颜金步摇，芙蓉帐暖度春宵。

春宵苦短日高起，从此君王不早朝。

承欢侍宴无闲暇，春从春游夜专夜。

后宫佳丽三千人，三千宠爱在一身。

金屋妆成娇侍夜，玉楼宴罢醉和春。

姊妹弟兄皆列土，可怜光彩生门户。

遂令天下父母心，不重生男重生女。

骊宫高处入青云，仙乐风飘处处闻。

缓歌曼舞凝丝竹，尽日君王看不足。

……

——白居易《长恨歌》

　　一头乌黑油亮瀑布般的披肩秀发，是女人难解的一个情结；然而披肩长发只属于青春少女。你可以留住一头长发，但留不住青春时光。如果头发的主人已是一脸沧桑，那一头披肩长发护理得再好，也只能衬出光阴的无情。只有绾发髻，可以不受年龄的限制，从四五岁起一直绾到永远。尽管朝如青丝暮成雪，然而那精心绾起的发髻即使已成花白，仍令女人别有一种矜贵。

　　提到发髻，似是一个遥远的年代。当满载着中国传统女性精华的发髻与牛仔裤或晚装、波希米亚披肩和香奈儿五号等现代时尚组合在一起，就成了一道十分悦目的都市风景。

一个女人的生活过得越甜美，她的头发也就越发显得丰润柔顺，打理得也越精心。在中国传统妇道里，平头整面是对一个女人最基本的要求。这个传统，今天的女人仍牢牢地恪守着，无论家境殷实还是小富，有客人造访时女主人拢拢耳边的发丝似乎已经是一个惯例。古语说，贫家勤扫地，贫女巧梳头。

女人的头发是感性的，女人天生爱自己的头发，并且常常别出心裁地设计不同的发型。为了自己的头发，女人可以省下钱买最好的洗发水，可以在忙得不可开交的时候不忘给头发营养焗油，可以在晚上熟睡的时候仍然记得不要压弯了头发。

女人一生的历程都在通过发型演绎。幼时翘翘的羊角辫，在蹦跳中抒发童年的天真；少女时渐长渐美的秀发，柔顺中满蕴着少女的多情；走进婚姻，干练的短发诠释成熟与干练；韶华逝去，华发飞雪，银发凝聚的便是女人一生的心情。

妾发初覆额，折花门前剧。

郎骑竹马来，绕床弄青梅。

同居长干里，两小无嫌猜。

十四为君妇，羞颜未尝开。

低头向暗壁，千唤不一回。

十五始展眉，愿同尘与灰。

常存抱柱信，岂上望夫台。

十六君远行，瞿塘滟滪堆。

五月不可触，猿声天上哀。

门前迟行迹，一一生绿苔。

苔深不能扫，落叶秋风早。

八月蝴蝶黄，双飞西园草。

感此伤妾心，坐愁红颜老。

早晚下三巴，预将书报家。

相迎不道远，直至长风沙。

——李白《长干行》

　　三千秀发飘拂，是对爱人最灵动的爱情表白，长发，是为心爱的人而留的。

　　女人的生活，总从发型开始。为了男人的一句话，女人可以以长发为美，晨起对镜贴花黄，迎接新一天的到来。诀别一段痛苦情缘，女人也会伤心流泪，来回摸着自己的长发，越看心越痛，越看越容不下它，如是，最终会狠心地剪掉自己深爱的长发，就好像剪掉这份失落的爱……也许青丝就是爱情，尼姑之所以斩断青丝，说明已经断绝了一切与世俗的关系，但这种举动无不与红尘中的爱情有关，也许她们该得到的没有得到，也许她们因为爱情耗去了最后一丝美好的希望。

　　女人通过头发传达爱情，也接收爱情。男人的手从秀发间飞过，是女人最幸福的时光。

有的时候，女人把自己心爱的秀发剪下，以一缕送给远别的人，犹如陪伴在他左右；真心相爱的两个人，其中一个人要先去极乐世界了，也会要求在自己的身边留一缕心爱人的头发，犹如生死不离别。一个女人爱一个男人，就像爱自己的头发。

幸福女人的发质总是特别流畅，有音乐感，色泽也十分悦目，见到那发丝就会有一种想摸一摸的欲望。而心情不好的女人，头发则略有弯曲，即使富有曲线美，在光照之下也会形成白灰感，令人望去有一种被岁月带走青春而留下的沧桑感。

"女人像头发一样纷乱。"作家陈染，偏偏作如此另类的譬喻。

这样的头发，当然就不是秀发了，而有点朋克的味道，或者像是正在途中的流浪者，传递出来的是一种不堪承受的紊乱和疲累。陈染之所以这样看女人，是因为她直入了女人的内心，不仅仅停留在审美层次，而是感知——用巫师那样的眼神。

> 上阳人，上阳人，红颜暗老白发新。
>
> 绿衣监使守宫门，一闭上阳多少春。
>
> 玄宗末岁初选入，入时十六今六十。
>
> 同时采择百余人，零落年深残此身。

忆昔吞悲别亲族，扶入车中不教哭。

皆云入内便承恩，脸似芙蓉胸似玉。

未容君王得见面，已被杨妃遥侧目。

妒令潜配上阳宫，一生遂向空房宿。

宿空房，秋夜长，夜长无寐天不明。

……

少亦苦，老亦苦，少苦老苦两如何！

君不见昔时吕向《美人赋》，

又不见今日上阳白发歌！

——白居易《上阳白发人》

　　这纷乱的，是女性的情感，这苍白的，是女人的韶华。正是它制造了女性的思维和神经，所以它既感性又无序，苍白又无力。

　　男人和女人，是亲密的敌人。当女人作为天然的情感动物去经历爱情，去寻找心中理想时，她们注定要在这长满荆棘的路途流血、流泪并且伤痕累累。只有极少数明智而务实的女人能躲开它。当女人把感情与婚姻交织在一起，倾情投入，现实便有许多戏剧性的情节不遇而出，而且愈来愈曲折凄迷，最后的结局一般以悲剧而告终。这样的女人，是像头发一样纷乱的女人。

女人如水，那头发该是水上的涟漪吧！女人如诗，头发就是诗的韵角吧！女人如谜，头发就是难解的谜团吧！女人如花，头发该是那怡人的清香吧！头发乱了，心也乱了；容颜老了，青丝也染白霜了。女人像头发一样纷乱，不是好事，也不是坏事，那是某类女人的宿命。女人的气韵是在这种纷乱的折磨中脱茧而出的。要么堕落，要么飞升，总有一种力量在指引着。我们的生活让我们脱胎换骨，让我们置之死地而后生，这样的女人最后不是一朵枯谢的花，而可能演绎成会有些缺页的神秘书卷。

女人毕竟是女人，心思纤细如发丝。正所谓，剪不断，理还乱。三千烦恼唯有将其紧紧编扎捆绑，一旦解开任一头乌发披散下来，女人的感情也会如决堤的水流，失控狂泻，这是女人情感最迷乱最软弱之时，再有为、再成功的女人，都不会拒绝一双温柔体贴的男人的手，轻轻解开她们紧紧扎起的发丝……